暖鳥《ぬくめどり》

見届け人秋月伊織事件帖【三】

藤原緋沙子

JN229926

コスミック・時代文庫

この作品は二〇〇六年十二月に刊行された『暖鳥　見届け人秋月伊織事件帖』（講談社文庫）を底本としています。

目次

第一話　父の一分

一

「お藤《ふじ》様、あれは何でしょう……果たし合いでも始まったんでしょうか」

文七《ぶんしち》は立ち止まると、前方に見える殺気だった野次馬の垣根を目顔で差した。

湯島《ゆしま》六丁目にさしかかったところで、その異様な光景は目に入ってきた。

お藤は、御成道《おなりみち》でお記録本屋を営む『だるま屋』吉蔵《きちぞう》の姪《めい》っこだが、店を任されている遣《や》り手の娘である。

叔父の吉蔵は店を構えたものの、自身は長年の習慣で、日が昇ると通りに莚《むしろ》を敷き、素麵《そうめん》箱を机にして、終日世情の風説や柳営《りゅうえい》の沙汰など、ありとあらゆることの江戸で起こった話をかき集めて記録している。

吉蔵は今や通称「だるま屋の吉」と呼ばれる名物男で、店を切り盛りする余裕などない。

そこでお藤が店主の役目を引き受けているのだが、この尋常ならざる人垣に出くわしたのは、手代の文七を連れ、得意先回りをしての帰りだった。

人垣はとある店の前を取り囲んでいて、皆固唾《かたず》を呑んで中の様子を窺《うかが》っているのがわかった。

わらわらと、その人垣に吸い寄せられるように、通行人や近隣の者たちも駆け寄って、更に大きな輪を作ろうとしていた。

人垣に近づくにつれ、店の中から男たちの言い争う怒声が聞こえてきた。

「文七、ついてきなさい」

お藤は興奮した声を上げると、

「ごめんなさい。すみません」

図々しく人垣を分けて中に入ったが、そこで息を呑んで立ち尽くした。

間口が四間もあろうかと思われる結構な茶漬屋の箱看板を置いた店先で、痩せて色の白い武士と、小太りした色の黒い中年の親父が睨み合っていた。

武士は着古した羽織袴《はおりはかま》、親父の方は前垂れをしているところを見ると、武士は客で親父は店の主《あるじ》かと思われた。

主の後ろには、親父によく似た若い男がひとりと若い衆が二人、天秤棒《てんびんぼう》ほどもある木刀をそれぞれ握り締め、武士を威嚇するように睨んで立っていた。

親父によく似た男は、親父の弟かと思われたが、あとの二人は店の奉公人というより、親父とは親分子分の間柄にある無頼《ぶらい》の徒に見えた。

親父は、従えている三人の男たちをちらと見遣《みや》ると、武士を鼻で笑って見返した。

「旦那、お武家だからといって、あっしは黙って見過ごすなんてことはしませんぜ。いや、お武家だからこそ許せねえ」

「だから、いま申したではないか。この懐《ふところ》にあると思った財布がなくなっていたと……どこかに落としたかもしれぬゆえ、いまそこまで見て参るとな」

「そんな事をおっしゃって、あわよくば食い逃げしようってんでしょうが、そうはいきやせんや」

「何、食い逃げとは聞き捨てならぬ。住まいまで一緒に来てくれと頼んだではないか。そうしたら、たかが四十四文のつけ馬などできぬと言う。ならば落とした財布を探してくると言えばそれもならぬと……これでは拙者はなすすべもないではないか。払わないと言っているのではない」

武士は切れ長の目を見開いた。怒りがその目の奥にほのみえる。

親父は畳みかけるように言った。

「旦那、世間じゃあ、旦那のようなふるまいを、食い逃げって言うんですぜ。金がねえのがバレたら、まず謝るこった」

「謝ったではないか」

「口先だけだな。そこに土下座して謝るんだな」

「何……」

武士は拳をつくって、ぶるぶる震えだした。

「どうした……お偉いお武家様は、そんなことは出来ねえ。町人に迷惑かけても謝れねえ。そういうことでやんしょ」

「くっ……」

武士は歯を食いしばって、のろのろと身を屈めてそこに膝をついた。

人垣の中から、どよめきが起こった。

武士は、屈辱に歪《ゆが》んだ顔で、頭を下げている。

「おお……」とか「ああ……」とかいう声が人垣から起きた。

「むごいことを……」

文七が、お藤の耳元に囁いた。

その時である。

勝ち誇った顔で、親父が若い衆二人に顎をしゃくった。

すると、いきなり若い衆の一人が、武士の背中を何度も棒で打ちすえた。

ウッと武士が低くうめいたが、若い衆はお構いなしにさらに打った。

「ああ、なんてことを……」

お藤は、思わず前に飛び出そうとするが、文七がその腕をぐいと引き寄せた。

「駄目です。怪我をなさったら、私が旦那さまに叱られます」

周りの人垣をつくっている人々も、はらはらするだけで、恐ろしくて制しようとする者はいない。

親父は、武士には抵抗する勇気もないと踏んだらしく、わざと人垣に聞こえるように、

「お武家が聞いてあきれるぜ。どうせ腰のものもなまくら刀、そうか、小銭欲しさに質にでも入れてそいつは竹光《たけみつ》じゃねえのか。おい、源三《げんぞう》、この旦那の名を聞いておけ」

弟らしき男に、言いつけた。

源三と呼ばれた男は、にやりと笑うと、

「やい。兄《あに》さんの言う事が聞こえたか。神妙に名を名乗れ！」

役人が召し捕った賊を問い詰めるような容赦のない口調で、俯《うつむ》いている武士の顔を覗こうとした。

その時であった。突然武士が背中の棒を撥《は》ね除けるようにして体を起こし、同時に抜き放った小刀で源三の顎を下から突き刺していた。

「ぎゃ！」

源三は、悲鳴を上げて後ろにひっくり返った。顎から血が吹き出していた。

「兄貴！」

二人の若い衆が源三に駆け寄ると、奥から新たに若い衆三人が走り出て来た。その若い衆たちも長い棒を握っていた。

「野郎、やっちまえ！」

親父の合図で、四方から武士に打ちかかった。

武士は、最初の一撃は躱《かわ》したものの多勢に無勢、腹といわず頭といわず滅多打ちにされ這《は》いつくばった。

刀は取り上げられ、腕はねじ上げられ、額は割れて口から血を流している。

「おい、細縄をもってきな。縛り上げて店の前で晒《さら》しておけ」

親父が若い衆の一人に命令した。

すると、

「卑怯者！」

「鬼！」

野次馬の中から親父を非難する声が飛んだ。

「うるせえや！」

親父が人垣に向かって叫んだ時、

「待て！　……北町だ」

同心の蜂谷《はちや》鉄三郎《てつさぶろう》が岡っ引を従えて飛び込んできた。

「勝手な真似はならぬぞ。双方とも神妙にしろ」

「待て待てお藤、少し落ち着いて話してみなさい」

だるま屋の吉蔵は、先ほど灯を入れたばかりの行灯《あんどん》の側で、古い紙にお藤の話を書きとめていた手を休めると、顔を上げた。

夕刻、表の莚を片づけているところに、手代の文七と慌てて駆け帰ってきたお藤の話は、興奮の余り要領を得ないのである。

無銭で食い逃げしようとした武士と店の親父との争いを、必死で伝えてくれてはいるのだが、時々耐えられないほどの恐怖と緊張に襲われるらしく、血飛沫《ちしぶき》が飛んだの、口から血を流したのなどという言葉を口にするたびに、話の道順を踏み外してしまうのだった。

吉蔵は、このお江戸でも有名なお記録屋である。

巷《ちまた》の噂話から千代田《ちよだ》のお城の政争や、はたまたこの国に押し寄せてくる外国船の様子まで、確かな情報を記録し、その記録を望む武家や町人に回覧し、あるいは販売しているのだ。

だるま屋吉蔵の記録は、正確さを第一とする。中途半端なことは書けない。装飾や誇張をひかえ、見聞きしたそのままを記すことを求められる。望む記録を残すためには、出来るだけ詳細に情報を得ることが肝要である。

「いいかね、お藤。すると、そのお武家と店の親父は、番屋に連れていかれたのだな」

「はい……」

お藤は頷いたものの、ちらと自信のなさそうな視線を、吉蔵の横で先ほどから耳を傾けている秋月伊織《あきづきいおり》に投げた。

伊織は、老中でさえ一目おく御目付筆頭秋月隼人正《はやとのしょう》忠朗《ただあきら》の弟だが、自ら好んでだるま屋吉蔵の片腕として、情報の正否を見届ける役目を担《にな》ってくれている武家である。

頼もしい伊織の存在は、そこに座ってくれているだけで、吉蔵はむろんのこと、お藤をほっとさせるのであった。

「確かめてこなかったのか」

吉蔵がだるまのような目でお藤に聞いた。吉蔵の目が大きく見開いた時には、興味津々、緊張している証拠であった。

「だっておじさま、もうびっくりして、今お話ししたところまで見届けるだけでも恐ろしくて……」

「武家の名は？」

「…………」

「聞いてないのか」

「ええ……」

「ではお武家に斬られた源三という者の生死は？」

「わかりません」

「茶漬屋の親父の素性は？」

「知りません！」

お藤は吉蔵に矢つぎばやに畳み込まれて、しゅんとなった。

「お藤や、お前は私のたった一人の跡継ぎだ。そのお前が、なぜもっと肝心なことを聞き出してこられなかったのか……だるま屋の娘の名が泣くぞ」

「吉蔵、まあそう言ってやるな。お藤にしてみれば精一杯のところだろう。許してやれ。そこまでわかれば後は俺が調べてみる」

伊織が助け船を出したその時、

「親父さん、湯島の茶漬屋で起きた事件を聞きやしたか」

現れたのはかつて岡っ引だった長吉《ちょうきち》である。長吉もだるま屋に集まる情報の見届け人の一人だった。

「これは長吉さん。今お藤から聞いていたところですよ」

「お藤さんから？」

「はい。お藤はお使いの帰りに、あの場所に行き合わせたのですが、恐ろしくなって早々に逃げ帰ってきております。肝心なことはまだわかっておりませんが……」

「そうですか。無理もありやせんや。いやね、あっしが手札を貰っていた北町の旦那が番屋の者たちと駆けつけたらしいんですが、男でも目を覆うような有様だったと聞いておりますから。なにしろ茶漬屋の親父は、もと八州《はっしゅう》まわりの目明しをしていた源次《げんじ》という野郎で、その前身は上州《じょうしゅう》藤岡《ふじおか》でやくざの親分をやっていたってんですから……」

「やはりそうですか。お藤の話を聞いて、そこいらにある茶漬屋ではないなと思っていたところです」

「武家の方は、高田《たかだ》藩の江戸勤番者だと、ようやく白状したようですが定かではありやせん。なにしろお武家が町人地で刃傷に及ぶ事件を起こせばたいへんなことになりますからね。容易に素性は明かしたくはないでしょう……親父さん、この事件、調べてみますか」

長吉はそこまで告げると長火鉢に手を翳《かざ》して、吉蔵を、そして伊織を、急がしく目の玉を左右に動かして見た。

「調べずにどうするのだ。あんな親父は、この江戸から追放した方がいい」

そう言いながら、どかどかと入って来たのは浪人土屋《つちや》弦之助《げんのすけ》だった。

この男もだるま屋の見届け人だが、酒とみると締まりがなく、少々軽率なのが玉に瑕《きず》。しかし、人としての情の深い熱血漢である。

「お藤殿、俺は茶より酒がいいな」

弦之助はにこっと笑って早速お藤に媚《こび》を売り、

「俺もあの親父には酷い目にあったことがあるのだ」

苦々しそうな顔をしてみせた。

「まさかおぬし、食い逃げしたなどと言われたのではあるまいな?」

伊織がからかった。

「そのまさかだ」

「何……」

「いや、俺の場合は奴の勘定違いだったのだが、四文の不足だなどと言い出して、またその口の聞き方がなっとらんよ。俺に妻子がいなかったら拳骨《げんこつ》の一つも見舞っていたところだ」

話しているうちに、その時の怒りを思い出したようである。唾を飛ばさんばかりにして言った。

「伊織様。そういう親父なら、今度のお武家のことも心配でございますな」

「おじさま、あれはどう見たって、お店の方に行き過ぎがありました」

酒を運んで来たお藤も、口を挟む。

「ふむ……この先、知らぬではおけませんな」

吉蔵は伊織に言ったのち、

「皆さん、この事件の見届けをお願いします」

吉蔵はぐるりと大きな目を回した。

二

茶漬屋騒動の当事者たちが、不忍池《しのばずのいけ》に沿って長い町をつくっている茅町《かやまち》二丁目の大番屋に移されたと伊織が知ったのは翌日のことだった。

そういう素早い情報を仕入れてくるのは、長吉だった。

それは長吉が、こたび茶漬屋に出向いて武士と親父を番屋に引っ張っていった同心蜂谷の、昔の手下だったことも大いに役立っている。

通常、番屋に送られてきた罪人は、すぐにそこから小伝馬町《こでんまちょう》の牢屋に送られるわけではない。

近くの調べ番屋と呼ばれる大きな番屋に移して、そこで同心や与力によって下調べが行われる。

普通の番屋は狭すぎて、容疑者を取り調べる設備がないが、大番屋と呼ばれる番屋には留置場もあるし、小さな白洲《しらす》もあり、参考人も順番に呼びつけて念入りに調べることが出来た。

茅町二丁目の番屋も大きな番屋で、間口は二間だが奥行きが六間もあり、このあたりで捕まった容疑者たちは、よくここに送られていたのである。

伊織は早速、茅町の番屋に出向いた。

「伊織様、今から与力佐々木《ささき》平次郎《へいじろう》様の吟味《ぎんみ》が始まるところです。蜂谷の旦那から許可を頂いておりますので、事件の現場にいた参考人のような顔をして、隣の部屋から見聞《けんぶん》することが出来るようでござんす」

長吉はそう言うと、番屋の役人が詰めている座敷を通り抜けて奥に向かった。

そこには白洲を配した吟味の部屋があり、町人の容疑者はその白洲に筵を敷いて座らされるが、武家の場合は一段上の板の間に座らされる。

いまその板の間には、痩せた色の白い武家が座らされていた。その顔は醜《ひど》く腫《は》れ上がり、傷口は血の塊で紫の瘤《こぶ》のようになっていて、凄惨な仕置が行われたことを物語っていた。

伊織は長吉に案内されて、調べ室の隣室に座った。戸が開け放たれていて、吟味の様子は丸見えである。

まもなく、書き役が準備宜《よろ》しく机の前に着座すると、同心の蜂谷鉄三郎が与力の佐々木平次郎と吟味の部屋に入って来た。

「吟味を始める」

蜂谷が言った。俄《にわか》に部屋は緊張に包まれた。

「まず、名を名乗られよ」

佐々木の尋問が始まった。

「常陸国《ひたちのくに》高田藩の藩士、小栗篤之進《おぐりあつのしん》でござる」

武家は、名乗ることへの抵抗を喉の奥に押し込めるような苦しげな声で言った。

「住まいは？」

「小石川《こいしかわ》にある中屋敷です」

「ふむ。茶漬屋の主源次は、そなたが無銭飲食をして、しかも逃げようとしたことから騒動が起きた、と申し立てているが、なぜそのようなことに至ったのか、また源次の言い分に相違があれば、それも述べられよ」

佐々木は顎を引いて、上目使いで篤之進をじっと見詰めた。

「恐れ入ります。私には小石川の中屋敷に妻子がおります。妻の名は美里《みさと》と申しますが心の臓を患《わずら》っておりまして、木挽町《こびきちょう》にある上屋敷に出勤した帰りには、北鞘町《さやちょう》の医者に立ち寄りまして、妻の薬をもらってくるのですが、昨日は医者の家を出たところで無性に腹が空きまして、帰宅の途中で茶漬屋に入りました……」

ところが食したあとで懐を探ったところ、財布がないのに気がついた。

すぐに店の若い衆に、住まいは小石川ですぐそこだ。代金の四十四文を取りに帰って来ると告げたが、

「食い逃げだ！」

すぐさま大声を出されて、奥から店の主が飛んで来た。

篤之進が、自分は食い逃げではない。信用できないのなら、何か身につけているものを置いて行くゆえ、代金を持ってくるまで待ってくれと言っても聞かぬ。

ならば一緒に住まいまで取りに来てくれと申し入れたが、それも聞かぬ。

それではどこかに落としたに違いないから財布を探してくる。しばらく待ってくれと外に出ようとしたところ、店の出口で囲まれて口論となった。

店の主からどうあってもこれは食い逃げだ、土下座をしろと言われて土下座ま

でしたが、それさえ鼻であしらわれ、腰の刀を竹光とあざけられ、腰抜け侍と侮辱された。

「堪忍袋が、それで切れたのでござる」

篤之進は、努めて怒りをおさえて説明した。

「すると、お内儀の薬は持っているのか」

「むろんでございます」

篤之進は懐の奥から、風呂敷で幾重にも包んだものを出し、

「この薬を、妻が待っている。一刻も早く帰宅してやらねば……だからこその堪忍だったのに、辛抱しきれませんでした。しかし与力殿、けっして茶漬屋の亭主が申し出た食い逃げなどではござらん」

篤之進は、きっぱりと言い、顔を上げて佐々木を見返した。

その時「これ、入ってはいかん」などと言う番屋の役人の制止を振り切って、白洲の部屋に飛び込んで来た者がいる。

茶漬屋の主源次だった。番屋の役人も、後を追って入って来たが、源次の剣幕におろおろするばかりである。

「ガキじゃねえんだ。金がなけりゃあすまねえ商い店に入ろうってえのに、懐を

確かめねえ人間がいるものか。このお侍は無銭を承知で入ったんだ」

「これ、控えよ」

与力の佐々木が制するが、

「与力の旦那、たった今、ただ一人の弟源三が亡くなったと知らせを受けやした」

「何、亡くなった……」

佐々木の顔色が変わった。困惑した目で篤之進を見た。

「すまぬ。許してくれ。この通りだ」

篤之進も驚いて頭を垂れたが、

「許せねえ！　……殺してやる」

源次は、いきなり篤之進に走り寄ると、その胸倉をつかんだ。

篤之進は歯を食いしばって為《な》すが儘《まま》にしている。

源次は容赦なく篤之進の頬を殴った。

「止めさせろ。ここは裁きの場だ。表に出せ！」

佐々木が叫んだ。

どたどたと小者たちが走って来て、源次を取り囲んだ。

「ちっ」

源次は、襟に手をやると、

「与力の旦那、あっしは帰らせてもらいますぜ。源三の葬式を出してやらなくちゃあならねえんだ」

源次は言い放つと、堂々と肩を怒らせて帰って行った。

「佐々木様、このままあの男を放っておいてよろしいのですか」

見兼ねて蜂谷が佐々木に問う。

「葬式だけはさせてやれ。ただし必要な時には引っ張る。目を離すな」

佐々木は厳しい声で蜂谷に言い、それも心算のうちだというような顔で頷いた。

「はっ」

蜂谷は立ち上がると、急いで部屋を出て行った。

「さて、小栗殿」

佐々木は篤之進に向き直ると、

「お聞きの通り、ひと一人の命が亡くなった。もはや小栗殿をここから容易に帰すことは出来なくなった。そなたを案じて迎えにきている家族を今ここに呼びよせるゆえ、伝えたいことがあれば、存分になさるがよい」

厳しいが、温情ある目で篤之進を見た。

「かたじけない」

篤之進が神妙に頭を下げると、

「父上……父上様……」

下男につき添われた十歳ほどの少年が、隣室から入って来て、板の間に立った。

「小太郎《こたろう》……来てくれたのか」

「はい」

小太郎は、しっかりと頷いた。涼しげな目が、父の身の上に何が起こったのか理解しかねるように篤之進に問いかけている。

「おいたわしい……」

下男は涙混じりに呟くと、

「小太郎ぼっちゃまは、お母上様にかわって旦那様にお会いしたいと申されまして……」

主の篤之進に膝を寄せんばかりにして告げた。

「すまぬな、松平《まつへい》。して、美里の具合は？」

「はい。旦那様が番屋に留め置かれているとお聞きしてからというもの、脈を打つ数が多く、息をするのも苦しげなご様子……いまは伏せっておられます」

「さもあろう……。松平、薬はこれにある。美里に飲ませてやってくれ。頼むぞ」

「はい」

篤之進は下男に薬を託すと、今度は優しい目を小太郎に向け、

「小太郎、父はこのたび、お前に常々言い聞かせていた教えに背いてしまった。武士たる者、腰のものを無闇に振り回してはならぬとお前に言っていたこの父が、自ら破ってしまったのだ。ふがいない父を許してくれ」

「父上……」

小太郎は不安な目で父を見た。本当に食い逃げなどという、いやしい振る舞いを父はしたのだろうか……父に聞きたい肝心なその言葉を、小太郎は恐ろしくて言い出せずに呑み込んでいる。

篤之進は、はっきりと息子に言った。

「小太郎、お前にだけは信じてもらいたい。父は決して無銭飲食などという恥ずべき行いをするつもりではなかった。微塵もな……。気がついたら、懐に財布がなかったのだ」

小太郎は、こっくりと頷くと、力強く父に言った。

「小太郎は信じます。父上、母上とお帰りをお待ちしております」

「小太郎……」

篤之進は小太郎の側《そば》によると、両手で小太郎の手をぎゅっと包んでいた。

「難しいことになりましたな、伊織様……」

吉蔵は筆を置くと、机にしている素麵箱の中から酒とっくりを取り出した。すると、

「よし、それは俺がやろう」

弦之助が、勝手知ったるなんとかで、盆の上に伏せてあった湯呑み三つを起こして、なみなみと酒を注いだ。

「今日は冷えるからな」

言いわけがましく呟きながら、弦之助は酒の入った湯呑みをそれぞれの前に置いた。

このところ、この御成道を吹き抜ける北風が強くなっている。

吉蔵は雨が降らないかぎり、風や埃にはびくともしないから、お藤がこしらえ

た襟巻を首にぐるぐる巻きにして、古本屋『だるま屋』の店の前で莚を敷いてお記録に余念がない。

その莚の上で、伊織が先ほど見聞してきた番屋での調べの様子を吉蔵に報告すると、吉蔵は篤之進親子の今後を案じて、苦い顔をしたのであった。

「しかし吉蔵、俺があのあたりの住人に聞いてみたところだな、あの親父はすこぶる評判がよくない。いつぞやも旗本の師弟二人が同じように因縁をつけられて、店の裏にある蔵に閉じ込められたらしいのだ。すぐに屋敷から結構な額の金を詫びとして届け、それで帰されたというのだが、まだ他にもそんな目に遭った者がいるらしいぞ。そんな奴の言い分を、町方も鵜呑みにする筈《はず》がない」

「確かにそれはそうですが……」

吉蔵は、ぐいと飲む。遠くに目を遣り、まもなく暮れようとする大通りを見渡した。夕闇をせわしなく帰っていく人々が影絵のように見える。じっと見つめている吉蔵のその横顔に、

「番屋の動きは長吉に任せてきた。何かあれば、すぐここに連絡が来ることになっている」

伊織が言った。

すると吉蔵は顔を回して、

「それはそれでよろしいのですが、伊織様。調べで財布を所持していなかったことが明らかになったわけですから、無銭飲食をするつもりはなかったと言っても、なかなか証明するのは難しいと思いますよ。しかも、ひと一人死んでしまった。小栗篤之進というお武家は、人を殺《あや》めたことになります。その事を重く見る限り、軽いお咎《とが》めではすみますまい」

吉蔵は年功者らしく、長年のお記録屋の勘を働かせて言い、

「ただ、大勢の人が見ていたわけですから、これから事件の証人調べがある筈です。証言次第で小栗様というお武家も助かる道はあるとは存じますが……」

思案の目を伊織に向けた。

「いや吉蔵、話すのを忘れていたが、その証人だがな。番屋の人間が、証人として見たまま聞いたままを証言してほしいと頼んで歩いているらしいのだが、皆怖がってうんとは言わぬそうだ。証言をしたばかりに後でどんな仕返しをされるかもしれない、そう言ってな」

弦之助が口を挟んだ。

「おじさま……」

弦之助の話が終わるや、お藤が店の中から顔を出した。

「私、証人になります。よろしいでしょう？　だって、このままじゃあ、あのお武家様がお気の毒です。死人が出たって言ってますが、お武家様の方が殺されそうになったんですよ。しかもあの店の主は、私たち町人が聞いていても腹の煮えるような言葉で怒鳴りつけて……これで小栗様とおっしゃるお武家がお咎めを受けるなんて、それは間違っています」

悲憤慷慨《ひふんこうがい》、お藤はやる気だ。

「危険が伴うが、お藤や、お前は覚悟しているのか」

「もちろんです。おじさま、だるま屋の人間が、みんなと同じように逃げ回るわけにはいきません」

お藤は、きっと見た。

「わかった。存分に、見たまま、聞いたままを証言してきなさい」

吉蔵は、お藤に言い、

「伊織様。とは申しましても何かあっては困ります。お藤の後見をお願い致します」

伊織に頭を下げた。

だがその顔は不安げであった。吉蔵はお藤が可愛くて仕方がない。

「任せておけ」

伊織は頷いた。お藤の娘らしい決心に清々しいものを感じていた。

三

「嫌な奴……まだ見てる」

お藤は後ろを振り返って、番屋の表でこちらをじいっと睨んでいる源次を睨み返して歩き出した。証言を終えて出てきたところである。

「伊織様と一緒じゃなかったら、どんな目にあっていたか……」

お藤はぞっとしたような顔で言った。

「そうだな。そなたの証言は、源次の言い分に水をさしたことは確かだからな」

「ええ。ところがあの男ときたら、私の証言が終わるとすぐに、こんな女の言う事を鵜呑みにして、あの人殺しに手心を加えるようなことだけは止めてほしい。たった一人の弟を殺された者として申し上げます……なんて大騒ぎして、あれじゃまるでお役人を威嚇《いかく》しているようなものじゃないですか……」

お藤は、ぷりぷり怒っている。

確かに源次は、与力を前にしてさえも、少しも臆するところがなかった。しかも、お藤が証言をしている部屋に勝手に入って来たのである。

自身も当事者の一人でありながら、篤之進のように牢につながれていないのをいいことに、番屋の者ばかりでなく、奉行所の役人を役人とも思わない傍若無人《ぼうじゃくぶじん》の振る舞いは、側にいた伊織の目にも余った。

この男は、一筋縄ではいかない……そんな暗黙の認識が役人にもあるのではないか……。

――なぜだ……。

伊織には見当もつかなかった。

「伊織様。篤之進様はどうなるのでございましょうか。まさか、死罪になるなんてことはないでしょうね」

「うむ。それを願っているのだが、篤之進殿が金を所持していたという証拠がみつからない限り、罪が晴れるという訳にもいくまい」

「でも、お医者様に立ち寄った時には、お薬代は払ったんでしょう？」

「薬礼を払ったからといって、その財布に金が残っていたのかどうか、証明するのは難しい」

「それはそうかもしれませんが、お医者様でお財布を出して支払っていたとすれば、お茶漬屋に入った時にお財布がないなんておかしいじゃありませんか。私、お医者様に確かめてみます」

「まさかとは思うが、一度医者に立ち寄ってみるか」

「はい」

二人は茅町から湯島一丁目に出た。そこから神田川べりに出て、医師の住む北鞘町に向かおうとしたのである。

だが、神田川沿いに出たところで、

「小太郎……」

伊織は前方から歩いて来る男の子を見て立ち止まった。

篤之進の一子小太郎が、道の端から端まで注意を払って歩いてくるではないか。

小太郎とは昨日、番屋で会ったばかりである。

「小太郎殿」

伊織が呼びかけると、小太郎は困った顔をして立ち止まった。何か内緒ごとをしているところを見つかってしまったような、そんな顔をして伊織を見た。

「覚えておられるかな。昨日番屋で会った秋月伊織だ」

「はい。励まして頂きました。ありがとうございました」

小太郎は行儀良く挨拶をした。

「母上はいかがしておられる」

「…………」

「伏せっておられるのか」

小太郎は、悲しそうな顔をして、こくんと頷いた。

「そうか……」

病状は良くないのだと思った。

「一人で何をしていたのだ？」

「お財布を探しておりました」

小太郎は即座に答えた。

「財布を？」

「はい。父上は財布をどこかに落とされたに違いありません。それで、いつも父上が通う道を歩いて、財布がどこかに落ちてはいないか探しておりました」

と言う。

「ふむ。しかし小太郎殿、お父上がどんな財布を使っておられたのか知っているのか」

「はい。母上が縫った財布です。西陣織《にしじんおり》の裂《きれ》を買ってきて縫ったものですが、内蓋には小栗と名前も入っています」

小太郎は、母が縫ったという言葉に力を込めた。

下男と番屋に現れた時には、心細い感じを受けたが、なかなかどうして、小太郎の説明は整然としていて利発さが窺えた。

なにより、母が父のために丹精を込めて縫い上げた財布は、父母の仲のよさを表していると、子供心にもそれは自慢のようである。一瞬輝いた目が愛らしかった。

小太郎は、病で動けぬ母にかわって父の汚名をそそごうと、一人で藩のお長屋を出てきたようである。

父の財布が、もしもどこかに落ちていて人の手に渡っていなければ、どこかの番屋に届けられているかもしれない。

父の財布が見つかるまで、何度でも茶漬屋と医者の家を往復するつもりだと小太郎は言い、既に二回往復したのだと告げた。

「小太郎様。お医者様にはお財布のこと、尋ねられましたね」

お藤が聞いた。

「はい。確かに財布から薬代を出し、払っておりました」

きっとしてお藤を見る。

お藤は、小さな胸に燃えているひたむきなものに圧倒されて、伊織を見た。

伊織が、この人はそなたの父上の立場が少しでもよくなるように、先ほど番屋で当日の有様を証言してくれた人だと小太郎に説明すると、

「かたじけのうございます」

小太郎は、お藤に改めて頭をさげたのである。

しかし、いかにも徒労の試みだと伊織には思える。

「小太郎殿。番屋に落とし物としてあがっているかどうか、俺が伝《つ》てを頼って聞いてみよう。そなたはもうお長屋に引き返されよ。母上が案じているぞ」

「…………」

小太郎は迷っているようだった。

「お藤、俺はこの子を送ってくる。親父さんにはそなたから伝えてくれ」

伊織はお藤に告げると、

「さあ……」

小太郎の背中に手を添えた。

まだ細くて柔らかい肩の骨が伊織の掌に伝わってきた。その肩がすっかり冷えていて、かすかな温もりが感じられたのは、肩に手を置いてしばらく歩いた頃だった。

「寒くはないか……」

歩きながら小太郎の顔を覗くと、こくりと頷き、

「寒くても平気です」

小太郎はきっぱりと言ったのである。

小さな胸に、家族の難儀を一身に受けとめているようで、伊織は思わず胸を熱くしていた。

「伊織様、何してるんでしょうねえ、うちの人は……」

おときは、銚子を運んで来ると、冷えた茶を前にして待っている伊織に、すまなさそうな顔をした。

長吉は茶漬屋の主の前歴《まえ》を調べるために、三日前から上州の藤岡まで出張って

いた。

その帰宅が今日あたりと聞いていた伊織は、待ち切れずに長吉の女房おときがやっている『らくらく亭』で長吉の帰りを待っているのであった。

「いくらなんでも、まもなく日も暮れますからね。もう帰ってきますよ、きっと……お先にやってて下さいな」

おときは、盃《さかずき》を伊織の手に持たせると、熱い酒を注いだ。

「何、俺が早すぎたのだ。構うことはない。お前も忙しいだろう」

「忙しいのなんて平気ですよ、旦那。あの人が岡っ引の頃は、このらくらく亭のお陰で食べていけたんですからね。今はね、だるまの旦那にお手当ても頂いて、それで好きな仕事もしていられるんですから、結構なことでございますよ」

「長吉は幸せ者だな。おときのような女房がいて」

「いやだ旦那、近頃お世辞がお上手になりましたね。畳と女房は新しい方がいいと言いますからね。あの人、なんて思っているのか……でもね、後悔したってあとの祭りだって言ってやるんですよ」

おときは、何を思い出したのかくすくす笑って、

「じゃあね、お酒がなくなったらお声をかけて下さいませ」

明るい声で言い、階下に下りていった。

伊織は、盃を傾《かたむ》けながら、いったんとぎれていた小太郎とのやりとりを、また思い出していた。

小石川の高田藩中屋敷に送り届ける間、小太郎は父から受けた教えを話してくれたのだが、その一つに興味深い話があった。

小太郎が十歳になったばかりの頃、藩邸内の幼年組の塾で友達と喧嘩をした。

互いにすり傷や瘤をつくるという激しいつかみ合いの喧嘩をしたようだったが、塾頭にどっちが先に手を出したかと問い詰められて、小太郎は相手が先だったと主張した。

一方相手も、小太郎が先に手を出したと訴えた。

塾ではよほどの理由がない限り、先に手を出した方が叱られた。塾頭は、武士の世界では怒りを剣や暴力で訴えれば、二度と後戻り出来ないことを常々教えていた。

武士が刀を抜く時には、それ相応の大義名分がなければならぬと……。

だからこの時塾頭は、二人に三日間の謹慎を命じている。塾に通うことを三日の間止めたのだ。

それを聞いた小太郎の父親篤之進は、二人のうち、どちらかが嘘をついている。嘘をつく者は、自身が喧嘩の中身について非があるとわかっているからこそ嘘をつく。正々堂々と本当のことを話せないから嘘をつくのだ。これほど卑怯なことはないのだと、小太郎にこんこんと言い聞かせ、

「小太郎、相手を幸せにする嘘ならついてもいいが、自分が助かりたいばかりに、自分を有利に置くためにつく嘘ほど醜いものはないぞ。そんな嘘つきを卑怯者という。人として恥ずかしい行為だということを肝に銘じておけ」

じっと見詰めた。そして最後に、

「私はお前を信じているぞ」

優しい顔をして立った。

小太郎は息苦しくなった。

友人に先に手を出したのは自分だったからである。

「父上……」

小太郎の双眸《そうぼう》から涙が溢れ出た。悔恨《かいこん》の涙だった。

父の篤之進は小太郎の側に寄ると、小さく頷いたのち、

「偉いぞ小太郎、今なら間に合う。友達に謝ってこい」

ぽんと小太郎の肩を叩いた。

一方の友達も、小太郎が首席になったのが悔しくて、根拠のないからかいをした事を悔い、小太郎に謝ってくれたのであった。

小太郎はそこまで伊織に話すと、

「伊織様。その父上が嘘をつく筈がありません。父上は、確かに財布は持っていたのです」

小太郎は微塵も父を疑ってはいなかった。

だからこそ小太郎は、道端の溝《どぶ》の中を覗き、草むらを分けて確かめ、往来で働く人に財布が落ちていなかったか尋ね、目を凝らして医者の家と茶漬屋を往復していたのであった。

――あの小太郎のためにも……。

篤之進を重い罪にだけはしてはならぬと伊織は思った。

四

六ツ（午後六時）の鐘が鳴ってしばらくのことだった。

伊織は、おときが取り替えてくれた酒を窓際に引き寄せて、店の二階から柳橋《やなぎばし》の往来をぼんやり眺めていた。

夜気は冷たく、神田川の水も黒々と光っていて、伊織は思わず襟を合わせた。

酒が入っていてこの寒さだから、今宵は随分と冷える晩になりそうだと思ったが、袷《あわせ》の下着を着けているから凌《しの》ぎやすい。

袷の下着は、嫂《あによめ》の華江《はなえ》が昨年揃えてくれたものである。

伊織はいま、だるま屋の近くで長屋住まいを始めている。ある事件を見届ける折に、御目付の兄隼人正忠朗に迷惑をかけてはと思い、秋月の家を出た。

あれから半年にはなる。

――一度屋敷に帰ってみるか。

ふっと兄夫婦の顔を思い出した。だが、その思考はすぐに見届けようとしている事件に向いた。健気な小太郎の姿が頭から離れなかった。

――とはいえ……。

五ツ（午後八時）の鐘が鳴っても長吉が帰ってこなければ、今日はいったん長屋に帰ろうかと思いはじめたその時、往来のざわめきが一際大きくなったと思ったら、橋の上で職人風の男二人が喧嘩をはじめたようである。

とっぷり暮れてはいるが、まだ宵の口といってもよい。ところが早くも酔っ払いの喧嘩とは……。

伊織の眼は、怒鳴り合いながら向こうに下りていく職人二人を見送ったが、すぐに代わって橋の上に現れた三味線を抱えた若い娘をとらえていた。

娘は茶のかかった木綿の縞《しま》の着物を着て、赤い鼻緒のわらじを履いている。胸元には、紅色の襟を覗かせて、それが夜目にも鮮やかに映えていた。

流しの三味線弾きだった。

娘は窓から眺めている伊織と、ちらと目が合い恥ずかしそうに頭を下げたが、すぐにその視線は店の軒に注がれて、

「女将さん、一曲やらせて下さいな」

娘はおときに言ったようだ。

ぽろんと三味線の音をたてた。

「今夜はごめんんよ。明晩きておくれ」

おときは断っている。すると、

「おとき、やらしてやんな。せっかく来てくれたんだ」

言ったのは長吉の声だった。ようやく帰って来たようだ。

「でもお前さん、いいのかい。旦那がお見えですよ。うるさいんじゃないかと思ったんだけど」

おときは眩いたが、

「じゃあね、一曲だけね」

三味線弾きの娘に言った。

「ありがとうございます」

三味線弾きは礼を述べた。すぐに女は、その声とは似合わぬ激しい撥《ばち》の音を響かせた。

「伊織様、お待たせいたしました」

長吉はふいに部屋に現れた。三味線の音で階段をのぼって来る足音が聞こえなかったのだ。それほど女の弾く三味線の音は、激しく胸に迫るものがあった。

「なに、いいのだ。弦之助もまだだ」

伊織は盃を長吉にとってやって酒を注いだ。

「こりゃあどうも……」

長吉は注いでもらった酒を飲み干すと、盃を膳に置き、

「伊織様、一介の茶漬屋の親父が何故あれほどお役人の前で横暴にできるのか、

わかりやした」

自信ありげな瞳で、伊織を見た。

「うむ、昔上州の代官所で目明しをやっていたというが、その辺りのところか」

「へい。奴は表坊主の丈斎《じょうさい》とかいう者と義兄弟の契りを交わしているとかで、代官所の仕事をしていた頃から、何かにつけて丈斎のご威光をひけらかしていたようです」

「表坊主の丈斎……」

「はい。どこでどうして表坊主なんかと義兄弟になったものか……抜け目のねえ野郎です」

「うむ……」

伊織は盃に手酌をしながら考える。

千代田の城には、いわゆる御同朋《ごどうぼう》と呼ばれる者たちがいるが、御坊主衆はその管轄下にあり、奥坊主と呼ばれる衆と、表坊主と呼ばれる衆に分れている。

奥坊主は主に、将軍や大名のお役付きの者たちに茶を淹《い》れたり、雑用をしたりと、国の機密にふれるところでお役目を遂行している。

そしてもう一つ表坊主という集団がいる。奥坊主の数は三十余名だが、こちらは十倍の三百余もいて、登城してくる大名の世話をやくのであった。

奥坊主も表坊主も、ともに平の坊主は二十俵二人扶持で小伝馬町の牢同心並の低い禄だが、こちらは大名からの付け届けがあるから、優雅な暮らしぶりである。そ坊主に付け届けをしておけば、余所で聞いてきた情報を耳に入れてくれる。逆によからつのない振る舞いが出来るよう助言もしてくれる便利な者たちだが、逆によからぬ噂を流されるという害もあるから皆粗略には扱わないのであった。

坊主といえども、千代田の城の中では、見えない権力を持っていたのである。

そんな集団にいる人間と義兄弟だと、源次はおそらく奉行所の役人にもそういった背景をちらつかせ、あの番屋での傍若無人な態度になったに違いないのだ。

――よりにもよって……。

篤之進という男は悪い奴につかまったものだと思いながら顔を上げると、長吉がそれを待っていたように言った。

「伊織様、それとこれは、代官所の小者をつかまえて聞き出したことなんですが、源次が目明しを辞めたのは自分から辞めたのではなく、辞めさせられたのだということでした」

「理由はなんだ」

「目明しをやってる一方で、近隣の宿場や市場で、このたび亡くなった弟の源三に博打場を開かせて、多額の利益を得ていたようです」

「よほどおおっぴらにやっていたのか……」

代官の手先の目明しは、やくざや盗人《ぬすっと》あがりの者もいる。代官所もそういった者たちの協力があってこそお役目がつとまると考えてか、少々のことには目をつむっていた。だがそれも限度というものがある。

「はい。それもあるでしょうが、賭場で貸した金の取り立てで人を半殺しにしたことがあって、代官にそれがばれ、土地から追放されたのだということでした。ただ、代官所も身内の不祥事を表沙汰にしたくないと思ったか、追放は密かに行われたようです。博打場は当然押さえられたということですが、それまでに源次と源三はたっぷりと金をため込んでいたらしく、この江戸に入って結構な茶漬屋を開いたというわけです」

長吉は苦々しい顔をした。

「一筋縄ではいきそうもないな、長吉」

「へい。十手の威力を悪事に使っていたなんて許せねえ」

長吉は同じ境遇に身を置いた者として、怒りを覚えたようである。

「ややあ、すまぬ。長吉、意外と早かったではないか」

土屋弦之助が現れたのは、まもなくだった。

「お前たちの話はあとでゆっくり聞くとして、まず俺の方だが、あの事件を店の中で最初から見ていた者がいてな。その男に会ってきたのだ」

「ほう、どのような男だ」

「植木屋だ」

「植木屋？」

「ああ。だが、そんじょそこらの植木屋ではないぞ。知っているかな。加賀《かが》の上屋敷の南側に麟祥院《りんしょういん》という寺があるのを……別名からたち寺と呼ばれる寺だ」

「知っていますよ旦那、三代様の乳母《めのと》だった春日局《かすがのつぼね》様の寺だ」

長吉が言った。

と、突然弦之助の腹が鳴った。

「長吉、酒と肴《さかな》を女房殿に頼んできてくれ。そうだ、湯豆腐がいいな。他にもうまいものがあれば頼む。むろん三人前だ」

「わかりました。そうしましょう。まだあっしたちも食べてはいませんから」

「今日は俺のおごりだからな。遠慮なく頼んでくれ」

弦之助は景気のいいことを言って、もう一度伊織に向き直ると、

「麟祥院の境内は、七千七百坪あまりもあるらしいのだが、からたちを数多《あまた》植えて垣根としている。春に花が咲いて秋には実を結んだのち落葉する。そこで、落葉した後に垣根の形を整える植木屋が入るのだが、代々麟祥院の垣根を整える仕事を受けている植木屋の完次郎《かんじろう》という男が、仕事の帰りにあの店に立ち寄っていたのだ」

「ふむ……」

「完次郎は一部始終を見ていたのだが、篤之進が財布を持っていないと知った時の源次の言動には、目に余るものがあったらしい。まったく聞く耳を持たなかったようだ。篤之進の申し立てと一致する。宗次郎はその時、煩《わずら》わしいことにはかかわりたくないと思って、さっさと帰宅したというのだが、気にはなっていたようだな」

「すると、証言を頼んだのか、その男に……」

「そういう事だ。力強い証言者を得られたわけだ」

「弦之助、源次に悟られぬようにせねばな。自分に不利な証言をする者がいると知ったら、あ奴はどんなことを仕掛けてくるかわからんぞ」

「わかっている。証言する日もそう遠くないと思われるが、ともかくそれまで、植木屋には指一本触れさせはせぬ」

弦之助は自信ありげに言った。

「ごめんなさいまし」

そこへおときが湯気の立つ鍋をささげてきた。長吉は大皿を両手に持っており、その皿には白菜や葱《ねぎ》やいもなど冬の野菜が載っていた。

「きたきた……」

弦之助はさっそく五徳にかけた鍋のたぎるのに、野菜や豆腐を入れながら、

「存分に食ってくれ。今日は俺がおごる。知り合いに貸していた金が戻ったのだ」

と言う。

そして嬉しそうに懐に手を差し入れたが、

「やっ……」

弦之助の顔が青くなった。襟元をはだけて、あられもない格好で胸もとを探っているが、

「おかしいな」

不審な顔で、見るとはなしに伊織を見た。

「なくしたのか?」

「まてまて」

ついに弦之助は、着物を脱いで振ってみたが、一文の金もなかった。

「しまった……」

どたりとそこに胡座《あぐら》をかいた。険しい眼をぎょろりと剝《む》いてこの店に来るまでの記憶をたどっているようである。

「小栗篤之進の二の舞いだな」

伊織は、あきれ顔で言った。

「何か考え事に気をとられて、巾着切《きんちゃくき》りにでも遭ったんじゃありませんか」

長吉が側から口を挟んだ。

「気をとられた? ……」

小首をかしげた弦之助が、あっと小さな声を上げた。

「そういえば……まさかあの女……」

じわりと顔を上げ、虚《うつ》ろな目を伊織に向けた。

「女?」

「そうだ。ここに来る途中で、今川橋《いまがわばし》の袂《たもと》でかがみこみ、癪《しゃく》で苦しんでいる女に会ったのだ……」

弦之助は思い出していた。

宵闇の中に、白いうなじを見せて苦しんでいる女を見て、弦之助が近づいて声をかけたことを……。

その時純粋に人助けという気持ちもあったが、弦之助のすけべ心が動いたことはむろんである。

女は良家の子女かと思える上物の着物を着ていた。

「いかがいたした」

弦之助は女の側にしゃがむと、その顔を覗いた。

「は、はい。持病の癪が出まして……ああ、痛い。お助けを」

女は突然、弦之助の腕にすがりつく。

「これ、しっかりしろ」

抱き抱えるようにして見た女の美しいこと、夜目に女は映えるというが、うりざね顔の、はかなげな風情である。

ドキッ……。

弦之助の胸が鳴った。

「待て待て、おれの印籠《いんろう》の薬をな……」

弦之助は慌てて腰の印籠を引き抜くと、丸薬を出して女の掌に載せてやった。

その間にも女の体のなまめかしい重みが、弦之助の膝にかかり、弦之助は正直心の中ではあわてふためいていたのである。

だが表面上は、分別ある頼もしい浪人を演じていた。

「水はないが、飲めるか？」

「……………」

女は弱々しく首を振った。

考えてみれば良家の女が、水もなく、しかもこんな橋の袂で顎を上に突き出して、くいっとか、ぐっとか喉を鳴らして丸薬を飲み込むなどという、はしたない所作は出来ぬなと弦之助は納得し、

「よし、そこの店で水を所望して参る。ほんの少しの間だ。ここで待っていなさい」

言葉使いも、どこやら伊織を真似たような感じで、俺もなかなかの者だなと、弦之助は女から手を放して、橋の袂にある陶器卸の大きな店の暖簾《のれん》をくぐった。

事情を話して一椀《いちわん》の水を貰って橋に引き返してみると、女は夕闇に掻き消える

ようにいなくなっていたのである。

――まぼろしか……。

目をこすって頬をつねったが、幻ではないようだった。

――それにしても、いい女だった。

生々しい女の肌の甘い香りと白いうなじを思い出して、弦之助はひとりでに笑みがこぼれてきた。

よし、こんなにいい目を見たんだから、今日は女っけの寂しい伊織に酒の一杯もおごってやろうかと思いながら、らくらく亭にやってきたのだと、弦之助は言ったのである。

「それだな」

長吉が声を上げた。

「旦那、旦那はその女に、まんまと懐を狙われたのでございますよ」

「まさかとは思ったが……」

「昔、あっしも、そのような手口で男の懐を狙う女掏摸《すり》を捕まえたことがあります」

「見抜いていたんじゃないのか……お前はひっかかってくる、いいカモだとな」

伊織がくすくす笑った。

「人の好意を……とんでもない女だ。よし、捜し出してとっちめてやるぞ」

弦之助は腕を捲った。

「旦那、人相を覚えていますか」

「人相だと……」

弦之助の脳裏に、はかなげな風情の女が、ふあっと振り向いた。

その唇の右端に黒い可愛らしいほくろが見えた。

「そうだ、ほ、ほくろだ！」

弦之助は手を打った。

「こ、ここに、ほくろがあった」

弦之助は、自身の唇の端をつついて、興奮して言った。

「他には？」

長吉は岡っ引のような顔をして聞く。

「細くて……色白……会えばわかる」

憮然《ぶぜん》として弦之助は言う。

「わかりやした。さっそく当たってみます。なあに、岡っ引の頃に使っていた手下も何人かおりやすから」

長吉は頼もしいことを言った。

──もしかすると……。

篤之進も同じような目に遭っていたのかもしれぬ。

伊織は、俄に思いがけない方角から、一条の光が射してきたような気がしていた。

五

「弦之助、どうだ……」

伊織が、翌昼過ぎに今川橋に出向いた時、弦之助は橋の北袂にある茶屋が外に出している椅子に座り、徳利を脇に置いて酒を飲んでいた。

「御覧の通りだ。まだ見つからん」

盃をひょいと上げ、大きなため息をついた。

「この店の者にも聞いたのだが、橋の袂で癪で苦しむ女なんて知らぬと言う。だがそんな筈はない。間抜けな野郎は俺だけじゃない筈だと思ってな。あの女がこの場所で人を騙したのも一度や二度ではない筈だと、こうして往来を見張っているのだが……」

腹立ち半分、ぐびと飲む。

「長吉はどうしたのだ」

長吉も昔の手下を使って女を探している筈だった。

「長吉は篤之進殿が気になって番屋に走った。ここは直助《なおすけ》とかいう男とあと二人、昔の長吉の手下三人が、日本橋からこの今川橋までを何度か往復して、ほくろの女を探してくれている。必ずどこかに出没する筈だとな」

確かに女が掏摸だとすれば、今日の日に現れなくても、また近いうちにこの通りで、同じ手をつかって人の懐を狙うに違いないのである。

伊織は橋の先の、通りの賑わいに目を遣った。

その時である。

「掃除しよ、お清めしよ……掃除しよ、お清めしよ……お清め、お清め、お払い、お払い……」

竹箒《たけぼうき》を持った男が、商店の前を順々にまわって、箒を忙しく動かしながらこっちにやって来た。

掃除の男が言っているのは、店の前を清め、悪い物をお払いしますという意味のようだ。

もともとは奉仕の心で掃除をしますとやっていたのが、いつの頃からか、店の前を清めておひねりを貰うための見せかけになっている。

掃除男は、その店でおひねりを貰えないとわかったら、隣の店に移動していくのであった。

「おい、町人」

近づいてきた掃除男に、弦之助は声をかけた。

「へい」

掃除男は、怯えた顔で弦之助を見返した。

「昨夜、ここにほくろがある美しい娘がこのあたりにいたのだが、お前は見なかったか？」

弦之助は、自身の唇の際を差した。

「…………」

「癪の病が出てな……大店の娘のようだったが……」

だが掃除男は、首を振って知らぬと言った。

「そうか、知らぬか……教えてくれれば礼を弾もうと思ったのだが残念だったな」

「へ、へい」

男は残念そうな顔をして遠ざかった。

弦之助は、大きな溜め息をついた。

考えてみると、弦之助でさえ女の顔はおぼろである。会えばわかるが説明するのは難しかった。

「聞くのを忘れたが、おぬし、財布には幾ら入っていたのだ……俺たちに奢るとか言っていたな」

「大して入ってはおらぬよ。金のことより、許せぬのだ。この俺をだましたのが」

「鼻の下を長くしているからそんなことになる……」

「聞き捨てならぬぞ、伊織……」

弦之助がむっとして、口をとんがらかしてみせた時、

「旦那、ちょいと女の顔を見ていただけませんか」

直助という長吉の手下が、走って橋を渡って来た。

「見つかったのか」

「いや、それが、確かにほくろはあるのですが……とにかく来て下さい」

「よし」

弦之助は、勢い良く立ち上がった。

直助の後について急いだ。むろん伊織も一緒である。

「旦那……」

直助が立ち止まって前方を目顔で差したのは、本町二丁目の番小屋の角だった。

三軒ほど向こうにある仏具問屋の前の往来に、台に飴《あめ》をならべて売っている爺さんと娘がいるが、直助はその娘を差したようだ。

「違うな。あの女は飴売りなどではなかった。見てみろ。あの娘は色は白そうだが化粧もしてない。第一あの着物は木綿ではないか。俺が見た女は、絹の上物の着物を着ていたんだ」

「でも旦那がおっしゃってたところに、大きなほくろがありますよ」

直助は、困ったように言う。

「弦之助、違っていればそれはそれだ。もすこし近くから確かめてみたらどうだ」

伊織の言葉で、弦之助は伊織と二人、ぶらぶらしてその屋台の前を通った。

相手に気づかれぬように、片側の軒の下を歩きながら、ちらりちらりと横目で見る。

娘は声を張り上げて飴を売っていた。確かに唇の際にほくろはあるが、その風情は昨夜の女とは違った。

二人は一度飴屋の前を通り抜けて、くるりと向き直って、また戻りながら女を見たが、弦之助は小首を傾げるばかりである。

「違いやすか」

直助が聞いてきた。

「いや、わからん。似ているようでもあるし、似ていないようでもある」

「おいおい、弦之助、しっかりしてくれ」

伊織は苦笑し、弦之助、ずっとあの娘はあそこで飴を売っているのかと、直助に聞いてみた。

「今日のところはそのようですが、辺りの者に聞きましたところ、店番はしたりしなかったりのようです。で、人出で賑わうようなことが近くであると、店を放り出して出かけていくようでございやす」

「何……時折遊びに出かけている？」

「へい。どこに何をしに行っているのか、しばらく見張ってみようと思います」

「ならば俺も見張ろう」

「いや、土屋の旦那は先ほどのところまで引き上げて下さい。目立ちすぎて相手が尻尾を出しやせん」

「ふむ」

またも弦之助は、膨れっ面――。

「やっ……」

伊織は、向こうから黙々と歩いてくる者たちをとらえていた。

長吉が北町の同心蜂谷と戻って来た。神妙に蜂谷が長吉に話をすれば、長吉はそれにいちいち頷いて聞いている。長吉は沈鬱《ちんうつ》な顔をしていた。

「長吉」

近くにやって来た長吉に声をかけると、

「これは伊織様。いまからお知らせに向かうところでした。篤之進様の処遇が決まりやした」

「何……」

不安な目を蜂谷に向けると、

「藩邸預かりの身となります。ですから罪科の裁定も、藩邸の方に移ります」

「いつからだ？」

「明日です」

「すると、女掏摸に覚えがないかどうかを、篤之進殿に確めるのはもう難しいな。番屋や小伝馬町の牢屋ならまだしも……」

伊織も思案の顔になる。

するとすかさず蜂谷が言った。

「おっしゃる通りです。藩邸内は治外法権、幕府の役人がかかわることはもうございません。中で何が行われようと、われわれには手が出せない」

「うむ……」

しかも伊織が以前誰からか聞いた話では、裁くのは上屋敷でも、処断するのは下屋敷だという。

高田藩の上屋敷は築地《つきじ》、中屋敷は小石川、下屋敷は本所《ほんじょ》の本法寺《ほんぽうじ》の近くにあった。篤之進の妻と子が住んでいるのは中屋敷、病で伏せっている妻は、上屋敷に会いに行くこともできぬだろう。

「秋月殿」

伊織は蜂谷の声で、巡らせていた考えから我にかえった。

「せめて、掏摸に遭ったという事実がわかれば罪も軽くなる。情状酌量ということも考えられる。いざという時には藩邸内の篤之進殿を訪ねていける、そんな伝が、だるま屋にはあるのではありませんか……」

蜂谷は言い、伊織をきっと見て頷いた。


一石橋の東北詰北鞘町に『東国屋《とうごくや》』という会席料理屋がある。

このあたりでは珍しい鳥の料理を食べさせる高級料亭であった。

主は代々伊兵衛《いへえ》を名乗り、鳥問屋も営んでいて、公儀御鷹の御用をつとめる商人でもある。

なんとその店に、だるま屋吉蔵が伊織を連れて上がったのである。

御成道に莚を敷いて、埃まみれになりながら、安酒をちびりちびりとやり、お記録に余念のないあの吉蔵が、高級料理屋に常連客のように迎え入れられたのである。

伊織は驚いた。最初は吉蔵が間違って暖簾をくぐったと思ったほどだ。吉蔵の隠された力をみせつけられたようで呆気にとられた。

「ご隠居様、お連れ様はとっくにお待ちでございますよ」

仲居が愛想をふりまいて吉蔵に言う。

——ご隠居様か……。

伊織がにやりとすると、

「さようか。話が済むまでは酒だけでよろしい。いえ、話はそんなにかかりません。そうしたらおいしいお料理を頼みましたよ」

吉蔵は、まるで大商人のような貫禄である。

「ご隠居様、本日は鴨のお料理でようございましたね」

仲居が小さな声で念を押す。

「結構です。そろそろおいしくなる頃だと思ってこちらに参りました。仲居さんのような気立てのいい人に会えるのも嬉しい」

「まあ……」

仲居は頬を染めた。四十半ばかと思えるが、ちらと可愛らしい仕草《しぐさ》をみせた。

——吉蔵め……。

伊織は、歯の浮くような世辞を言った吉蔵に、二度驚きである。

感心して伊織がまじまじと吉蔵の顔を見ていると、

「どうぞ、ご案内します」

仲居が案内に立った時、吉蔵は伊織に片目をつぶって、照れくさそうに笑って見せた。

案内されたのは、二階屋の奥の部屋だった。階段をあがって広い廊下を奥に行くと、堀端にもやっている船の明りが幻想的に見える場所にその部屋はあった。

仲居が吉蔵の来訪を告げると、微かに人の動く気配がして、どうぞと言った。

吉蔵は中に入ると、にこにこして、

「ごぶさたしております」

頭を下げた。まるで旧知のごとく感じられた。

そして待っていたのは一人の武家だった。眉の濃い優しげな顔をした中年だったが、体全体にみなぎるものは、政務の責任を一身に受け、権限もまたその身にあるといった、貫禄だった。

「だるま屋、今日はまた、このような料理屋に誘ってくれるとは、どうした風の吹きまわしだ……」

きらりと武家の目の奥が光った。

吉蔵は笑って、

「まずは、私が頼りにしておりますす見届け人をご紹介します」

吉蔵はそう言うと、

「秋月伊織様と申します。今後ともよろしくお願いします」

伊織を紹介し、

「こちらは、高田藩御留守居《おるすい》役、植村七左衛門《うえむらしちざえもん》様です」

武家の名を伊織に告げた。

――高田藩の？

伊織は、驚いて吉蔵を見返した。なぜ吉蔵が自分をこのような立派な料理屋に連れてきたのかそれでわかった。

昨夕のこと、伊織と一緒にいた弦之助のところに長吉がやってきて、小栗篤之進が藩邸に引き取られることになったと言った。

藩邸に送られてしまっては、町奉行所の管轄にいる時のように、篤之進の状況はつかめなくなる。

せめて藩邸に引き取られる前に、篤之進に財布を掏られた覚えはないかどうかを尋ねたい。また、事件当時の状況を藩の役人に知らせ、寛大なお裁きを願うことは出来ないものかと、伊織は吉蔵と頭を寄せた。

その時、吉蔵はしばらく腕を組んで考えていたのだが、まもなく、大きなだるまのような眼を見開いて、

「やってみましょう。伊織様も一緒に来て下さい」

顔をひき締めて言ったのである。

それが今夜のこの料理屋で、藩の御留守居に会うことだったのだ。

吉蔵がお記録を残すに当って、その情報源は武家町人を問わず多岐に渡るが、そうした人物を、吉蔵は覚え書きとして帳簿につけてある。

その帳簿は、伊織も覗いたことはないが、密かに保管されていて、吉蔵のお記録を産み出すもとになっているのは間違いない。

吉蔵は一方で、これらの記録を藩邸や商家に回覧し、あるいは相手の望みによっては売却している。

目の前にいるれっきとした藩の御留守居が、そのどちらに当たるかは、伊織の知るところではないが、いずれにしても、吉蔵のお記録につながる心腹《しんぷく》の友には違いなかった。

吉蔵は驚いた顔の伊織に静かに頷くと、七左衛門に向いた。

「さて、植村様。数日前のことでございますが、私の姪のお藤という娘が、湯島

の茶漬屋で実に気の毒な目に遭ったお武家様を目の当たりにして帰って参りました。それで私どもはそのお武家様の身を案じまして、これまでいろいろと調べてきたのでございますが……」

「吉蔵……」

話の途中で、七左衛門は険しい顔で吉蔵を見た。

「お気づきになったようでございますね。貴藩の中屋敷に住む小栗篤之進様のことでございます」

「そうか、だるま屋が調べておったのか」

「はい。どう考えても腑《ふ》に落ちぬことばかりでございまして……そのことにつきまして、こちらの伊織様に順を追って話して頂きますので、お聞き下さいませ」

吉蔵はそう言うと、伊織に顔を向けて促した。

伊織はそれを受けて、これまでに知り得たことを余すところなく七左衛門に告げた。

むろん、心の臓の病に伏せる母にかわって父の無念を明らかにしようとして、一子小太郎がとった健気な行い。また、篤之進の話に偽りはないか、それを立証すべく、だるま屋の仲間が奔走していることも七左衛門に告げた。

その上で、

「上屋敷に移送される前に、妻子に会わせてやって頂きたい。それと、私も確かめたいことがあるのですが……」

伊織は七左衛門を見た。

「ほう……妻子に会わせろとは、小栗は人を殺した重罪人だが……」

「ご存じかどうか、女房殿は重い病に伏せっておられる」

「…………」

七左衛門は難しい顔で伊織を見た。

「植村殿……」

「確かめたいことは何かな、それを伺おうか」

先の質問の返答は避けた。

「茶漬屋に入る前に、財布を掏られたのではないか……先ほどの話に出てきたほくろの女とかかわりがあったのではないか……」

「ふむ……」

「篤之進殿は、あくまで財布は落としたものだと考えているようですが、掏られていたと判明すれば罪の裁定に大きな違いがあるのではないかと……」

「………」

笑みをたたえていた七左衛門の顔が、突如険しくなった。

「ご気分を害されたのならお許し下さい。他意はないのです。私も含めてだるま屋の者は、小栗様が罪人となられるのを殊《こと》のほか残念に思っているのです」

側から吉蔵が口を挟んだ。

「………」

「植村様も既にお聞き及びと存じますが、このたびのことは、茶漬屋の親父に行き過ぎがありました。ところが牢屋につながれているのは小栗様お一人、この吉蔵もなぜかという気が致しております」

「吉蔵」

七左衛門はまず吉蔵の目を見て、そして伊織の目を見た。

「秋月伊織殿と申されましたな……そなたたちの心遣いは有り難く思うが、事はわが藩のこと、安易に罪人に会わせるわけにはいかぬ。まして他言はもちろん、こうせいああせいと言う意は聞き入れかねる。確かに小栗篤之進を罪人にするのはいかにも惜しい。小栗は勤勉で有能な藩士でござる。だからこそ妻子とともに江戸に詰めて貰っていた。しかし、このような事態になった以上、藩としても頗かぶりをする訳にはいかぬ」

七左衛門の声音は厳しかった。

「いくら町人から粗暴な応対を受けたとはいえ、町人一人を殺してしまった。これは動かしようのない事実だ。それにな、そもそものもとは、小栗が金がないのを承知で店に入ったとみなされていることだ。犯意がなかったことが証明されない以上、小栗の言う『武士の矜持《きょうじ》を踏みつけにされた』とは言いがたい」

憮然として言った。七左衛門の言うことは役目柄もっともだった。

「植村殿、ですから、何度も言うようですが、小栗殿が財布を掏られた被害者だったと証明されたその暁には、小栗殿へのお咎めは軽いものになる……そういうことですね」

伊織は、畳み込むように言った。

「いや……」

七左衛門は苦い顔をして、

「もう一つ、厄介な事情がある」

憮然として視線をそらした。

「もしや、表坊主の丈斎が何か……」

疑わしい目でその横顔を見つめると、七左衛門は、はっとして伊織に向き直った。

その七左衛門に、

「不可解な……確かに表坊主は、時には煩わしい存在だと存ずる。しかし、一介の坊主が貴藩の藩士の処遇にまで……何故です」

伊織は厳しい顔で言った。

表坊主の機嫌をとっておかなくては、登城の際に何か不都合が生じることぐらいは察しがつく。しかし、一介の坊主が藩邸内に手や口をつっこんで来ること事態、異常な状態ではないか。

伊織がこれまでに聞いた噂では、奥の坊主も、表の坊主も、大名家からの付け届けで、俸給《ほうきゅう》の何倍もの収入があるらしい。

少しでもわが藩に有利な情報を流してもらいたい。他藩の藩主より一段と気配りをしてほしい。そんな大名家の微妙な気持ちを坊主は逆手にとって、ぬくぬくと暮らしているのである。

「秋月殿……」

やれやれというように、七左衛門は膝を打った。

「私も吉蔵とのつき合いは長い。吉蔵が集める情報は目を見張る貴重なものだ。事に当って判断する時には、おおいに役に立ってきた。ましてこれからは、海の上も油断のならない情勢となってきている。ますます、今まで以上に吉蔵の力を借りなければならぬ。一介の藩では、とても集められぬ情報が集まるからな」

と七左衛門は吉蔵を見た。

「恐れ入ります」

吉蔵は苦笑して見返した。

「その吉蔵のことだ。わが藩を案じてここにわしを呼んでくれたことはよくわかっている。これから、そなたたちの疑問を解く話をするが、どうかこのことは他言しないと約束して貰いたい」

七左衛門は、吉蔵の目をとらえて言った。

「むろんでございます。ご安心下さいませ」

吉蔵は、きっぱりと言い、大きな目玉をくるりと剝いた。

「実は、わが藩では近年にない失態がござってな……」

七左衛門は、重たい口を開いた。

その話によれば、藩は寛政《かんせい》の御改革の頃から、不測の事態に備えて藩庫に予備費を毎年蓄えていた。蓄えるといっても苦しい藩庫にはかわりない。年によっては十両などという小額の時もあった。

そこで、十年ほど前から藩士の給金も千分の一を拠出させるようになった。借り上げではなく拠出させたのである。

その名分は、家督を倅《せがれ》に譲った時から死ぬまでの間に、僅かだが隠居老人に慰労金を出すというものだった。

施策は、藩主の久世《くぜ》大和守勝正《やまとのかみかつまさ》自らが向後の憂いを少なくするために始めたものだった。

ところが集めた金が藩庫に五百両になった時、その金を利殖でさらに増やすことを考えたらどうかという話になった。

そんな折、さる門跡の寺に金を預ければ、多額の利子を生むという噂を聞いてきた者がいた。

寺は大名家に出資金を出させ、それを高い利子で商人や武家に貸し付けていたのである。

高田藩もその話に乗った。

寺はもともと治外法権の場所とされている。特にゆかりのある人の墓所のある寺とか、門跡寺などということになると、公儀も見て見ぬふりをする。かかわりたくないのである。

だからその寺が利殖に走ろうとも公然の秘密だった。寺は絶好の隠れ蓑《みの》だったのである。

出資金を出した藩は濡れ手で粟とまでいかなくとも、利回りのよい結構な話で貯蓄の額は増えていった。いや、増えていく筈だった。

ところが、あろうことか、寺の坊主がこの金を着服して逃げてしまったのである。

出資した金額が大きかっただけに、藩は泣き寝入りするわけにはいかなかった。藩の名が表沙汰になる恐れはあったが、利子はともかく出資金だけは何とか返金してほしいと、藩は寺側に談判して揉めた。

預けた金が慰労金の積立とあっては、盗られたとか、無くしたとかいうことでは、その金を拠出させた藩士に言い訳できない。

積立金にかかわってきた藩士はむろんのこと殿様も青くなった。しかし、公然の秘密とはいえ、ことを公にして寺側の非を責め立てて、返済を迫るわけにはいかなかった。金額が大きいだけに寺側の返済にも限りがあるのは明々白々、高田藩は頭を抱えてしまったのである。

この時、どこでどう聞いてきたのか、丈斎という表坊主が千代田の城で藩主久世大和守に声をかけてきた。

自分に任せてくれれば穏便に済ませる仲立ちをしてやろうというものだった。藩はこの話を受けた。

実際丈斎が仲介に立って、寺と手打ちが出来たのだった。むろん多少の損害はあったが、補塡《ほてん》可能な額だった。

丈斎には、たっぷりと礼金を握らせたが、この時以来、たかが二十俵余の扶持者に、藩は頭があがらなくなったのである。

「その丈斎が、このたびの事件が起きた直後、お城に上がったわが殿に近づいてきて『小栗の一件、どう処断するかで藩の顔が見えますするぞ。厳しい裁断が必要かと……』などと耳打ちしてきたと聞いている」

七左衛門は憤然とした顔で言った。

伊織は、膝に手を置いたまま厳しい顔で七左衛門を見た。丈斎という表坊主の不遜《ふそん》な面構えが想像できた。

吉蔵も黙って聞いてはいるが、その表情には憤《いきどお》りが見える。

七左衛門は口を歪めて、やりきれないような口調で話を続けた。

「殿のお言葉では、丈斎は小栗の処遇について、謹慎とか追放とか、そんな半端な刑ではなく、死罪を望んでいるかのような口振りだったと……」

「………」

「殿も頭を痛めておられる。この上に、あの茶運び坊主のいいなりになったならば、この先も脅され続ける。かと申して、小栗を微罪で済ませれば、かつて積立金を違法な利子で貸していた寺の片棒を担いだと吹聴される。いずれの道も険しい道だ。惜しい人材だが、藩のために小栗には覚悟を決めてもらわねばならぬかもしれぬよ」

「植村殿。今こそ決着をつける時ではござらぬか。本来なら、四十四文を支払えば済む問題だった。それを……」

伊織は思わず声を出したが、七左衛門は口を引き結んで、それ以上の伊織の言及を拒んでいるように見えた。

――このままだと篤之進は、良くて切腹を申し渡されるかもしれぬな。

と伊織は思った。

四十四文の茶漬代と引き換えに、首を差し出すのか……。

伊織は無念な思いで、大きな溜め息をつく。

その時であった。窓の外のお堀がひときわ明るくなったのが、三人のいる部屋の障子に映る船の提灯《ちょうちん》の灯の色の強さでわかった。

幾つもの明かりが、堀の上をあかあかと染めているのが、部屋の中からでも想像出来た。

媚を売る女の声が聞こえ、鼻の下を長くした男の声が聞こえ、さまざま入り乱れて賑やかに河岸に上がってきたようだった。

伊織はそれらの声が遠くに去り、堀端の灯の色が障子の上をゆっくりと動いて消えていくのを、黙然として見送っていた。

六

「伊織、ずいぶん待ったぞ」

長屋に戻ってきた伊織は、暗闇の井戸端からふいに立ち上がった人影を見てびっくりした。

影は弦之助で、井戸端に置いてある洗濯石に腰を下ろして伊織を待っていたようだった。

洗濯石とは、女房たちが井戸端で洗濯をする時に腰を据《す》える石のことだが、この長屋ではそう呼んでいた。

「湯島の番屋に寄ってきたのだ。とにかく入ってくれ」

伊織は急いで中に入って行灯に灯を入れた。それから火鉢の火を熾《おこ》して鉄瓶をかけ、台所の隅にあった酒徳利をつかんで弦之助の前に戻ると、二つの湯呑み茶碗を置いて酒を注いだ。

「冷える時には、酒が一番だ」

「しかしお前も、思い切ったことをしたものだな……」

弦之助は薄暗い部屋を見渡して、

「百姓の越訴《おっそ》を助けるために長屋暮らしを始めるとはな……不便だろう」

気の毒そうな顔で聞いた。

「いや、気楽でいい」

「強がるな」

弦之助は笑ったが、

「おい、あれは何だ」

こんどは部屋の隅を差した。

そこには風呂敷包みが置いてあった。伊織の知らない包みだった。

伊織は立っていって、その風呂敷を抱えて戻ってきた。

包みをほどくと三段になった重箱が現れた。

蓋の上に走り書きが添えてある。


一度お顔を見せて下さい。


嫂の華江の文字だった。

伊織の一人暮らしを案じて、誰かに重箱を持たせてよこしたらしかった。

「おい、ご馳走じゃないか」

弦之助は、早速かまぼこを手で摘んで口にほうり込んだ。

「滅多に食えぬな、これはいい」

伊織の好きな里芋の煮っ転がしや、巻玉子、きんぴら、ぶりの炒り焼き、蛸《たこ》の
足を薄く小口切りしてたまりでさっと味をつけた桜煮、小鯛の塩焼き、そして一

番下の重箱にはあずき飯が入っていた。

皆懐かしい料理である。嫂の心根が嬉しかった。

「少しもらって帰ってもいいか?」

弦之助は言った。

「かまわぬが、話を聞こう。こちらも伝えておきたい事がある」

「おお、そうだった。例の飴の立ち売りの女だが、手分けして調べたところ、名はお咲《さき》というらしい」

「すると、あの爺さんの孫娘か」

「いや、養女だ。爺さんに拾われて育ったらしい」

「ふむ」

「爺さんは終日あそこで立ち売りをするが、あの娘は時々日が暮れると姿を消す。それはお前も知っているな」

「うむ……」

「そこでだ。俺は夕方帰って行くあの娘のあとを尾けてみた。すると、紺屋町《こんやちょう》二丁目の裏長屋に入ったんだ。ところが暗くなるのを待って路地に出てきた娘を見て、俺は腰を抜かしそうになったぞ」

「やはりあの癪の女だったのだな」

「そういうことだ。化粧をして、いい着物を着て、大店の娘のような格好をした、あの娘だったのだ。お咲というその娘は、長屋を出ると神田堀に出て東に向かい、両国で始まった芝居小屋に入るつもりだったようだ」

「だったようだとは、どういうことだ」

「芝居小屋の前でふっと振り返った時、俺と顔が合った。すると、踵《きびす》を返して慌てて人ごみの中に消えたのだ」

「逃がしたのか」

「不覚だった……」

弦之助は両国から引き返して、長屋の者たちにお咲について、いろいろと尋ねてみた。

それによると、お咲が身なりを変えて出かけていくのはたびたびのことだと言い、

「気晴らしでもして、ついでにいい男でもつかまえようとしてるんじゃないかね」

長屋の者はそんなことを言い、気にもかけない様子で笑った。

「そういうことでな。お咲という女に間違いないことがわかった。しかし、掏摸

はその場で捕まえなくてはならぬ。長吉が必ず現場を押さえるのだと言い、張りつくことになったのだが……で、おぬしの話は？」

弦之助は、ぐいと飲み干して伊織を見た。

「篤之進殿に確かめてみた」

「何……会えたのか」

「藩への引き渡しが近いと聞いてな」

伊織は番屋の仮牢を訪ねて、格子越しにだるま屋の秋月伊織だと名乗った時の、救いの神に巡り合ったような、小栗篤之進の顔を思い出していた。

篤之進は這うようにして格子の際まで出てくると、そこで膝を整えて、

「明日、上屋敷に移送となりましたが、貴殿のことは御留守居役植村様から、お聞きしております」

伊織に頭を下げた。

白洲での調べの時にも感じていたのだが、一子小太郎の思い出話に出てくる父親そのままの、誠実な男だった。

伊織が篤之進に、小太郎が屋敷のお長屋を抜け出して、父を救いたい一心で医者の家から茶漬屋までの道程を何度も往復して、財布を探していた話をすると、

格子戸の向こうから嗚咽《おえつ》を漏らした。

「よいお子にお育ちだ」

「秋月殿……」

「父上は嘘をつくような人ではないと、この私に訴えておられた」

「………」

「頼もしいお子だ」

「有り難い。小太郎を落胆させたのではないかと、それだけが心残りでござった……秋月殿、私の妻は体が弱く、小太郎を産んだあとは心の臓で伏せるようになりました。このうえ私の身に何かあったらと思い、『人を欺《あざむ》くは武士にあるまじき行い』だと厳しく教えてきたのですが」

「弱気なことを申されるな。今日ここに訪ねてきたのはほかでもない。貴殿は、なくした財布はどこかに落としたものだと考えているらしいが、掏られたのではないかと思ってな」

「掏られた?」

篤之進は思いがけない言葉を聞いた、そんな顔で伊織を見返してきた。

「そうだ……それも癪の病をよそおった美しい女にな」

「癪持ち の……まさか」

篤之進は思わず懐を押さえて驚いた。

「茶漬屋に入る前に会ったのですな、その女に……」

篤之進は驚いた顔のまま頷いた。

「今川橋の袂でした。腹を抱えて苦しんでおりまして……それで私が携帯している丸薬を……伊織殿」

篤之進は病で苦しむ女は皆、妻と同じ苦しみを背負っているように思えて、放ってはおけなかったのだと言った。

「間違いない……」

伊織は仲間の弦之助という男が遭った癪女の話をした。

「いま手分けして掏摸女を探している。その女さえ捕まれば貴殿の汚名はそそがれる」

諦めずにしばらく待てと篤之進を励ますと、

「かたじけない。この命差し出しても、わざと無銭で飲食をしたという汚名だけはそそぎたい……そう思っていたのですが、かたじけない」

篤之進は声を震わせて言った。まもなくその表情が俄に変わっていくのがわかった。静かだが、しかしかすかな光を見たようなそんな色が広がっていた。

「弦之助……」

伊織は、そこまで話すと、空になった二つの湯呑みに徳利の酒を傾けながら、

「たかが茶漬一杯で命を落とすようなことがあってはならぬ、そうだろう？　小栗殿は、くやしいが自分の迂闊《うかつ》さが招いたことだと言っていたが、小太郎のためにも生きていてほしい」

「むろんだ。女のことは任せてくれ。きっと捕えていざとなったら締め上げてでも白状させてみせる」

弦之助は頼もしい顔で言った。


小栗篤之進が湯島の番屋を、藩邸から迎えにきた役人に両脇を挟まれて出立したのは、翌日の昼の七ツ（午後四時）頃だった。

今にも雪かみぞれが落ちてきそうなどんよりとした底冷えのする午後だった。だが、罪人の篤之進は羽織は無しの着流しで、両刀もとり上げられていた。そしてその腰には麻縄がかけられていて、頭には深編笠が被せられていた。

本来ならそこから築地の上屋敷に向かうのだが、一行は榊原式部大輔の塀を見

て湯島四丁目に出、そこから北西に向かい、高田藩中屋敷の横手の門から中に入った。篤之進は御留守居役植村七左衛門の計らいで、いったん妻の病を見舞うことを許されたのである。

その知らせは、七左衛門から中屋敷の小栗のお長屋に直接昨夜知らされたが、だるま屋にも知らせがあって、伊織も一足先にやってきていた。

小太郎や妻の様子が案じられたからである。

伊織が門の中で下男の松平と待っていると、腰に紐をつけられた篤之進が帰ってきた。

深編笠と腰の紐は、門を入ってすぐに連行する役人によって取り払われた。妻子の目にそんな姿を見せるのは、いかにも可相そうだと思ったようだ。

腰の紐を取る様子を見ていた松平は、

「旦那様……」

変わり果てた主の姿を見て声を詰まらせた。

「松平、泣くでない。秋月殿の進言でこれから皆に会うことが出来る。お前は後を頼むぞ」

篤之進は優しげな声を松平にかけ、ゆっくりと我が家に向かった。

小栗篤之進のお長屋は、中屋敷に設けられた長期江戸詰めのお長屋だった。単身用のお長屋に比べると倍ほどの広さがあった。

そのお長屋の玄関先では小太郎が待っていた。

「父上……」

走りよった小太郎の肩を、篤之進はしっかりと抱き止めて、家の中に入った。

役人も伊織も中に入った。

不測の事態に備えて、腰紐は解いても目を離すことは許されてはいなかったからである。

篤之進の妻美里は、伏せっていた布団を仕舞い、髪をとかし、うっすらと化粧を施し、着物を着替えて帯も締め、両手をついて夫を迎えた。

「美里、すまぬことをした」

篤之進は、手をついた美里の側に膝をついた。

「ご無事で、嬉しく存じます」

顔を上げた美里の双眸には、熱い思いがあふれていた。

「お前も大事がなくてよかった。あの薬は効いたか……清国から近頃入ってきた薬草が調合されていると先生から聞いていたが？」

「はい。ずいぶんと良くなりました」

「それは良かった。お医師は、お前にこう伝えてくれと言っていたぞ。諦めてはならぬ。根気良く養生すれば、必ず快復する。望みをもって暮らす事が第一の薬だとな……」

愛しげな目で妻を見た。

その表情は、自身が不帰の人となる日も近いことを覚悟しているかのようで、側で聞いている伊織は辛かった。

美里は瞳に涙を溜めて気丈に言った。

「旦那様……小太郎と、あなた様のお帰りを、しっかりと守って待っています。私どもの心配はいりません」

「それを聞いて安心したぞ」

篤之進は、さりげなく美里の手を取り、強く包むと、

「小太郎」

振り返って小太郎を呼んだ。

「はい……」

小太郎が側に座ると、今度は小太郎の手をとって、

「母を守るのはおまえしかおらぬ、頼んだぞ」

強い目で小太郎を見た。

「はい」

小太郎が頷くと、篤之進はそれを潮に立ち上がった。

「父上！」

引き止めるような小太郎の声が飛ぶ。

「おお、おまえに伝えるのを忘れていた。いつか菊坂町《きくざかちょう》の空き地の池の端で傷ついていた雁《かり》を手当てしたことがあったな」

「はい」

「あの雁だが、元気になって飛ぶ訓練をしていたぞ。母上の薬を貰いに行く日に気になって立ち寄ってみたんだが、あの様子だとまもなく仲間と一緒に飛ぶことが出来る」

「はい、私も昨日見て参りました」

「何、お前も見てきたのか」

「はい。あの雁が、私のような気がして……」

小太郎は俯いた。

「小太郎……」

篤之進の顔が歪む。

「でも父上」

小太郎は顔を上げて父を見上げると、

「あの鳥、高く飛びました。すぐに下に落ちるのですが、何度も高く飛ぶのを見ました」

「うむ……」

「父上、私も諦めません。父上を信じています」

小太郎は、きっぱりと言ったのである。

他人の知らない父と子の深い絆が、傷ついた雁の話で一層強く感じられ、周りにいる人の胸を熱くした。

「時間ですぞ。小栗殿」

役人が言った。どうやらこの役人、篤之進を良く知る人物のようだった。

「見送りはいらぬぞ」

篤之進は美里と小太郎に強い口調で言い置くと、潔い足取りで部屋を出た。

篤之進が門に向かって歩き出した時、外に出た伊織の耳に、美里のすすり泣く声が聞こえてきた。

七

中屋敷を出た篤之進たちの一行が、築地の上屋敷の前に立った時には、とっぷりと日は暮れていた。

上屋敷に入れば篤之進は藩邸の牢屋に入れられ、詮議されることになる。

軽罪ならば謹慎や他行止め、あるいは国元に帰されたりと、命に別状はない。だが重罪と決まれば追放か死罪である。

死罪の場合は、どこの藩でも、たいがいは下屋敷で刑の執行を行っていた。

「開けてくれ」

役人は門内に向かって声を上げた。

上屋敷でも小栗一行は表門ではなく、裏門に回って立った。

門が静かに開いた時、

「お待ち下され」

一行に走り寄ってきた者がいる。

弦之助だった。

弦之助の後ろからは、お咲を連れた長吉が近づいてきた。

「だるま屋の見届け人、土屋弦之助と申す。小栗殿にお会いできるのも今日限り。その前にぜひ確かめたいことがござる」

だるま屋の名を出した途端、役人の顔から警戒の色がとれた。

「相わかった。訊くがいい」

「小栗殿、この女の顔に見覚えは？　……よく見てくれ。貴殿の懐から財布を抜き取った女だ」

弦之助は、深編笠の篤之進に尋ねた。

深編笠がゆっくりと女を向いて、驚きの声を上げた。

「あの時の……」

「お咲、こちらの旦那の顔を見てみろ。お前が癪を装って財布をすった人に間違いないな」

弦之助は、今度はお咲に言った。

お咲は、ふて腐れた顔をしながらも、長吉に背中を押されて、深編笠の中を覗いた。

「ふん、間違いないよ、この人さ。こっちの旦那と違って優しげな人だったから、よく覚えているよ。あんまり素直に騙されちまったから、気にかけていたのさ」

「お咲……お咲といったな」

篤之進は呆然として女を見た。

「なんだよ……本当のことを言えっていうから言ったんじゃないか」

つかみかかられるとでも思ったのかお咲は後退りしながら言った。

「お咲とやら、恩に着る」

篤之進はよろりと歩みよって、お咲の両腕をむんずとつかむと頭を下げた。

「待っておくれよ、旦那にそんなこと言われちゃあ困るよあたし……」

お咲は篤之進につかまれた両腕を、振り払おうともがきながら、

「悪いのはあたしなんだから……まさかこんなことになってるなんて……」

お咲はようやく篤之進の腕を払うと、

「ごめんよ旦那、許しておくれよ」

お咲は突然、そこに膝を下ろして手をついた。

お咲は自身の罪の重さを感じてか、今にも泣き出しそうである。女掏摸といったってまだ小娘、お咲は懐から財布を取り出して、

「お役人様、わたしがすったこちらのお武家様の財布です。中身は使っちまってもうございませんが、一分と一朱入っていました。財布はそこいらに捨てるのですが、この刺繍が気に入って、捨てられずに持っていたものです。お、お返しします」

役人の前に差し出した。

「うむ」

役人の一人がそれを取り上げて確かめる。

財布には『小栗』の刺繍があった。

「わかった。預かる」

役人は、自身の懐にいれた。

——まずはこれで一つは片づいた……。

伊織はほっとして弦之助と見合わせた。

向嶋《むこうじま》の秋葉山の近くに、紅葉自慢の料理屋があるが、それに隣接して丈斎の茅葺きの別荘はあった。

外見は結構な趣《おもむき》のある別荘の造りとなっている。さすがお城につとめる表坊主の別荘よと思われるような侘《わ》びたたたずまい。茶室の一室もあるかと思いきや、中は普通の造りになっているらしい。

もっとも、お城の茶坊主といっても、茶の湯の道に通じているわけではない、ただの茶くみ坊主がおくゆかしき坊主ぶりを演出して、その力を誇示しているのであった。

世の中すべからくそういうものかも知れないが、中身を知ったら滑稽《こっけい》そのもの、笑い種《ぐさ》だ。

しかし丈斎も、ご多分に洩れず、口の煩《うるさ》いのが功を奏して、付け届けが多いらしく、身分不相応な別荘を構えているのであった。

その別荘の柴垣《しばがき》の門の中を、差し向かいの草むらから、伊織と弦之助、それに長吉の三人は、もう一刻は見張っていた。

月は澄み渡り、夜目にも空気が透明な感じがして、別荘の庭にある紅葉が、月の光だけでなく軒から放った灯の光で、くっきりと見えた。

三人は、先ほど町駕籠《かご》を乗りつけて中に入ったお高祖頭巾《こそずきん》の女が出て来るのを待っている。

女は、長吉の調べで、御用商人の菓子処『巴屋《ともえ》』の内儀とわかっている。

内儀は、静かなたたずまいをした女らしい。そんなひとが、丈斎の招きに応じるとは、きっと裏に何かあるというのが、長吉の見方だった。

「せめて、内儀は巻き込まれぬように配慮してやりたいものだな」

弦之助が言った。むろん伊織も長吉も同じ気持ちだった。

丈斎の毒牙にかかっているに違いない内儀が哀れに思われた。

「おい、出て来たぞ」

弦之助が伊織の袖を引いた。

内儀は玄関に待たせていた駕籠に密やかに乗り込むと、月の道を去って行った。

伊織はそれを見届けてから、弦之助一人を玄関脇に残し、長吉と二人で横手の柴の垣根から裏庭に入った。

「誰だ！」

盃を持ったまま目を凝らして、伊織たちの方を見たのは丈斎だった。

丈斎は縁先で、ごろつきのような男を相手に、酒を飲み始めたところのようだった。

「二十俵二人扶持の軽輩、生ぐさ坊主が、ならず者の茶漬屋を庇《かば》い、大名を脅し、付け届けで建てた別荘で商人の妻に密通を強いるとは、あきれ果てた行状だな、丈斎」

伊織は軒の明かりのこぼれる紅葉の下に立った。

「な、何者だ」

丈斎のすっとんきょうな叫び声で、ごろつきは庭に降りて匕首《あいくち》を引き抜いた。

伊織は、両手を袖に入れたまま、ぐいと縁側に近づきながら言い放つ。

「お前の横槍で窮地に立たされている高田藩士小栗篤之進の知り合いの者だ。一言お前に釘をさしておきたくて参った」

「何を生意気な、見も知らぬお前さんにとやかく言われる筋合いはない。殺《や》っておしまい」

丈斎は庭のごろつきに命令すると、自身は奥に走り込んで小刀を引き抜いた。

「命が欲しくば無駄な抵抗は止めろ」

伊織が迫る。

だが、丈斎はありったけの声で叫んだ。

「茶漬屋の源次は義兄弟、その弟に加勢して何が悪い」

「そんな契りなど捨てることだな。いいか、茶漬屋の悪を訴える者たちは日を追って増えているぞ。今日も小栗殿の時と似たような騒動が起きたらしいが、野次馬たちに逆に責められ、源次は裏手の蔵に逃げ込んだというぞ。源次にはもうかかわらぬことだ。高田藩に口を差し挟むな」

「うるさい！　奴は同じ郷里の出だ。わしは郷友を大事にする」

「なるほど、ではお前の日常を御同朋頭に通報するかな。さすればお前は一巻の終わりだが、それでもよいな」

伊織が言い終わらぬうちに、丈斎は刀を上段から降り下ろすようにして、縁側から庭に飛び下りてきた。

剣は伊織の頭上に落ちた。

だが伊織は、すっと左に体を振ってこれを躱《かわ》し、足を踏み替えると、横合いから突っ込んできた匕首を手刀で打ち落とした。

「あっ」

ごろつきが叫ぶより早く、その腕をねじ上げていた。

「いててて……」

「たわいない奴」

伊織は、ねじ上げたごろつきの腰を、どんと突き飛ばすと、体勢を整えて背を丸くして小刀を構えている丈斎に言った。

「丈斎、どうする……返事をしろ。お前をここで斬るのはたやすい事だ」

ぐっと睨んだ。

ぎくりとして丈斎の顔が歪んだ。

伊織は、畳み込むように言った。

「それとも訴えるかな……表坊主にあるまじき行いの数々を列挙すれば、お前はよくて遠島、あるいは斬首」

「な、何と返事しろというのだ」

「ごろつきのような目明しあがりの男とは、ここできっぱり縁を切れ。そしてもうひとつ、高田藩にいらぬ横槍を入れるな。もしも今度の一件で、高田藩の小栗篤之進の命が奪われたなどということになったら、その時はお前の命もないものと思え。いいな」

「ち、ちくしょう」

丈斎は、抜き身をぶらさげたまま、玄関の方に走って行った。

だがまもなく、鈍い音がして、

「ぐっ……」

丈斎のうめきが聞こえてきた。

「しょうこりもない奴だ、伊織、こ奴の首、俺がいまここで斬り落としてやる」

弦之助が丈斎の襟をつかみ、射止めた猪でも引きずるようにして、伊織と長吉の前にやってきた。

「ひ、人殺し、放せ、放せ」

丈斎がもがく。

「うるさい！」

弦之助が、丈斎の尻を足で蹴飛ばした。

「あぁっ」

丈斎は、三人の真ん中に転がった。

その丈斎を見下ろして弦之助が大刀を引き抜いた。

「うわわ、お許し下さいませ。約束します。お約束致します」

丈斎は、伊織の足にすがりついた。

「さあて……」

伊織が顔を上げて、弦之助を見た。

弦之助は、にやりと小気味良い笑いを、伊織に返して片目をつぶった。

「お藤や、行火《あんか》はまだか……酒もないのだ」

だるま屋の吉蔵は、御成道に莚を敷き、そのうえに薄い座布団を敷き、素麺箱を置いて紙と筆を用意して座ると、早速背後の店をふりかえってお藤を呼んだ。

吉蔵は、この店の前で終日お記録を付けて過ごしているが、焼けつくような日照りの夏と、底冷えのする冬は、さすがにつらい時もある。

「はいはい、大声を出さなくても、よくわかっております」

お藤が行火を抱えて出て来、吉蔵に渡して店に入ると、今度はすぐに、文七が熱くした酒を銚子に入れて運んで来た。

「文七、お前もたまには気が利くじゃないか」

吉蔵は嬉しそうな顔をして、まず湯呑みに酒を注いでくいっと飲んだ。

——さて……。

書き出しを考えているのである。

なにより今度のお記録を書くのが嬉しいのは、あの、高田藩の小栗篤之進が、謹慎ひと月、その後は国元勤務を命じられたことである。

茶漬屋の親父の源次は、いま調べ番屋と呼ばれる大番屋に入れられて、取り調べを受けている。

「ふむ……」

吉蔵は、僅かにまだ酒が残っている湯呑みを素麺箱の上に置くと、筆に墨をたっぷりとなじませて、大きな息ひとつして心を静め、書き始めた。

『湯島めし屋にて、四十四文の銭にて亭主の弟殺され候《そうろう》一件。

この月始め、元八州廻りの岡っ引にて旧悪之有候男源次の茶漬屋に、本郷御弓町中屋敷高田藩士、近習番小栗篤之進まかりこし食事致し、飯料四十四文のところ、財布取り落とし候哉《や》、懐中に之無く候に付き……』

もごもご言いながら書いていると、ふとなぜか気にかかって顔を上げてみた。

すると、向こうを伊織がゆったりとやって来るではないか。

「これは伊織様……伊織様！」

なんだか嬉しくなって呼んでみた。

伊織は、風に吹かれながら近づいて来た。

「吉蔵、こたびのお前の大尽ぶりには、まこと、驚いたぞ」

にたりと笑った。

「はいな、伊織様もごくろうさまでございました」

吉蔵は、たぬき顔をいっそうたぬき顔にして晴れやかに笑っていた。

第二話　鶴と亀

一

竈《かまど》で飯炊きをするのが、これほど難しいことだとは、伊織はこの歳になるまで知らなかった。

水の加減はともかくも、火の加減には年季がいる。

「始めちょろちょろ、中ぱっぱ……」

隣家のおまさという婆さんが指南《しなん》してくれたが、焚きつけた火があっという間に消えてしまった。

伊織は竈の側に置いてある火吹き竹をとった。

「火の燃えつきが悪い時には、これを使えばいいからさ」

おまさが自分が使っていたという年代物の火吹き竹を置いていってくれたのだ

が、使い古して茶色になっている。手に当たるところは漆《うるし》でも塗ったように手垢で、てかてか光っている。

伊織はその火吹き竹を取って口に当てたが、異臭がして放した。なんだかわからぬが、魚の生臭いような臭いが染みついている。

――婆さんめ、魚を食したあとの口で、この火吹き竹を使ったな……。

伊織はさすがに使う気をなくしてしまった。

――とはいえ捨てることは出来ぬな。

側にそっと戻して考えた。

口に当たるところを削れば使えるだろう……。

なにしろ火吹き竹ひとつにしても、婆さんにとっては大切な家財だったのだ。それを近隣のよしみで持ってきてくれたのである。

伊織は、竈の木切れを掻き出して、最初からやり直すことにした。

たいがいはお藤が炊きたての御飯を運んできてくれる。今朝のように自分で炊くのは珍しいのだが、いつまでもお藤に頼るというわけにはいかぬ。

そうでなくても、ちょくちょく顔を覗かせる婆さんは、くっくっと笑って、

「お藤お嬢さん、ずいぶんご親切に通ってくれるんですね、旦那……そうか、ひ

よっとして一緒になるのかい？」

などといらぬ詮索をする。

詮索好きはおまさだけではなかった。

「どんぶり鉢があまってるから使いなよ」

などと言って持って来てくれた者もいるし、

「旦那が留守の時に覗かせてもらったんだけど、笊《ざる》がないだろ」

と笊を持って来てくれた女房もいる。

時には、

「忙しい時には下帯くらい洗ってあげるから出しなさいよ」

などと井戸端で洗濯をしている女房たちに声をかけられ、断るのにもぐもぐ言っていると、

「あら、意外と純情なんだ。皆で旦那の下帯むしりとって洗っちゃおうか」

などと仰天するような事を言い、ゲラゲラ笑われて家に飛び込んだこともある。

悪気があるのではない。どうやら皆の方から、伊織を長屋の一員として迎え、親しくしていこうという好意のようだ。

昔亡くなった母親から、国を支えているのは、大勢の市井《しせい》の民だという話を聞

かされたことがあるが、まさにいま伊織は、それを体験していた。

長屋の者たちのあたたかい様々な好意を思い浮かべながら、伊織はもう一度付け木に火をつけた。

そっと竈の中の木切れの中にそれを突っ込む。

今度はうまく火があがった。

ほっとして炎の行方を見ていると、軽やかな下駄の音が聞こえてきた。

「旦那……」

にこっとしてお袖《そで》という娘が戸の向こうから顔だけ出して笑った。

「おう、お袖か」

「ご精が出ますね、旦那」

お袖はにこにこして入って来た。

「ご精が出るというほどのものではないが、腹がへっては頭がまわらぬからな」

「あら、それを言うなら、腹が減っては戦《いくさ》ができぬ、じゃなかったかしら」

「どっちでもいいんだそんなことは……何だね」

何か用かという顔を向けると、

「これ、使って下さいな」

お袖は、胸に抱いてきた物を、伊織の側に置いた。

手鏡だった。

「贔屓《ひいき》のお客さんから頂いたんです。私は他にも持ってますから、どうぞ……お髭をあたる時に使って頂こうかと思いまして」

「有り難いが、くれた客に悪いのではないのか」

「旦那、あたしは水茶屋につとめてるんですよ。お客さんから頂くのもお仕事のうち、お返ししてはお店のためになりませんから」

「ふーむ、そんなものか。いらぬものなら頂くか」

「嬉しい。ねえ、御飯私が炊きましょうか？」

お袖は、伊織の手元を覗くようにして言った。

ふっとなまめかしい化粧の香りが伊織を包んだ。

その時である。

「伊織様、お店の方にすぐにお願い致します」

お藤が顔を出した。お藤は見たこともない険しい顔をしていた。

「何、すぐにだと……」

伊織は焚きつけたばかりの竈を見た。この炊き始めたばかりの飯はどうなる……。

　一瞬おたおたしたが、

「お食事はうちでなさいませ。用意してあります。それより、お客様がお待ちです」

　お藤のひとことで炊飯は中止と決めた。

「わかった。しかしこれを……火の始末をせねばなるまい」

「あとは私が始末しておきます」

　と言ったお藤の目が、そこに置いてある手鏡に気づいて取った。

「あらこれは……」

　手鏡を覗いたその目が、ふと、そこに立っているお袖に向いた。

「ええ、私が使っていただこうと思いまして……それが何か？」

「いえ、女ものの手鏡ですから、どうしたのかと思いまして」

　心にもない言葉でお藤は繕った。

「いいじゃありませんか。それとも何かしら……お藤さんは、自分以外の女が旦那のお世話をやいちゃいけないとでもいうのかしら？」

　お袖はふふふと笑い、

「じゃあね、旦那。たまには私の茶屋にもお立ち寄り下さいな」

伊織に片目をつぶると、下駄を鳴らして帰って行った。

「伊織様……」

お藤が恐い顔で呼んだ。

「吉蔵が待っているのだな。あとを頼む」

伊織は急いで外に出た。


御成道は冬は北風の通り道かと思われるほど強い風が吹く。だが今日は珍しく静かだった。

ただ、シンとした寒さが肌を刺した。

だるま屋吉蔵は綿入れのはんてんを着込み、首には襟巻を巻いて莚《むしろ》に座り、町人の客と話し込んでいた。

気候のよい頃はいいが、寒暖の厳しい時ぐらい店の中でお記録をつづればよいものを、吉蔵はそれはやらない。

冬は行火《あんか》を膝に抱いて酒を飲みながら往来の中に座り続けるのである。

その頑固さが名物なのだが、伊織などはもう少し歳を考えてはどうかと思う時がある。

「伊織様、こちらは相生町《あいかわちょう》で湯屋を営む新五郎《しんごろう》さんです」

伊織が莚の側に立つと、吉蔵が顔を上げて話しこんでいた町人の男を紹介した。

「桜湯の主でございます。本日は是非にもご相談したいことがございまして、吉蔵さんにお願いに参ったのです」

新五郎という男は神妙に頭を下げた。頬に拳骨の大きさほどの痣《あざ》がある。しかも痣の回りは血が固まったように腫れていた。

「どうしたのだ、その傷は……」

「さて、それでございますよ、伊織様。新五郎さんには日頃から尽力頂いておりまして……その新五郎さんが私を頼ってきてくれました。話を聞いて助けてほしいとおっしゃるのです。それで伊織様を呼びにやったのでございます」

吉蔵は言いながら徳利を傾けて、新五郎と伊織の前に置いた湯呑み茶碗に酒を注いだ。

どうやら新五郎というのは、吉蔵の情報源の一人のようだ。

吉蔵が集める情報は、武家の話も町人の話も様々ある。多岐に渡って情報を収集するからには、吉蔵にその情報を持ち込んでくれる人間が必要だ。

情報源はまた、吉蔵のお記録を欲しがる得意先でもあった。

けっして対価を前提にしているものではなく、あくまでも吉蔵の人柄と、お記録の実績によせる信頼がそうさせるものであり、伊織には驚きだった。

「順を追ってお話ししますと、一昨日のことでございます。私どものお客様の中に唐物《とうもつ》商『丸徳《まるとく》』の主で覚蔵《かくぞう》さんというお人がいるのですが、私の風呂で『板の間かせぎ』の被害に遭《あ》ったといいまして、お前が責任をとれと、まあ、怒りに任せて殴りかかって参りまして、この有様でございます」

新五郎は紫色になった頬を差した。

板の間かせぎとは、湯屋の脱衣場で他人の衣類や金品をくすねていく盗っ人のことをいう。

例えば、衣類の場合は、自分の着物を着た上に、相手の着物を重ね着して帰ったり、自分の衣類は脱ぎ捨てたまま他人の着物を着て帰るなどという手口でくすねていくのである。

板の間かせぎは奉行所に訴えたところで、よほどの事情がないかぎり相手にはしてくれない。

そもそも湯屋で物を盗まれること自体が被害者に油断があったからだと、これは奉行所はむろんのこと、世間一般の考えである。

仮に盗みを見つけて捕まえても、公の刑ではなく私刑となる。被害にあった主がじきじきに盗っ人に制裁を加えるのである。要するにこの手の事件は被害者自らが解決するほか術《すべ》がなかった。

新五郎がだるま屋に相談に来たのもそういう事情だったのである。

伊織はあわれな顔を見て聞いた。

「その者は何を盗られたのだ」

「着物です。羽織と揃いの絹ものです」

「湯屋に絹ものなぞ着てくるから、そういうことになる」

吉蔵は鼻を鳴らした。いたって身なりには頓着ない吉蔵である。

新五郎は話を続けた。

「脱衣場の籠に残されていたのは、ぼろ木綿の綿入れが一枚、よく見ますと、着物を盗られた丸徳の覚蔵さんの隣の籠に、そのぼろ木綿の着物が残っていたのです」

当日の湯番（番台）は、番頭の藤八《とうはち》という男だったが、騒ぎが大きくなるまで気がつかなかったらしい。

覚蔵は主を出せとたいへんな怒りようで、知らせを受けた新五郎が脱衣場に顔を出すと、いきなり胸倉をつかまれて殴り倒された。

脱衣場に悲鳴が起こったが、覚蔵は、

「みなさん、こんな不祥事を野放しにするような湯屋には、もうこない方がいい」

などとわめき、起き上がった新五郎の胸倉をふたたび引っつかむと、鉄拳を頻に見舞った。

覚蔵は、殴る蹴るのやりたい放題暴れると、止めに入った客の者にも悪態をつき、下帯ひとつで帰っていったのであった。

「覚蔵さんが帰ったあとでしたが、番頭さんが板の間かせぎをやった男を思い出しましてね」

「何……」

「その男が入ってきた時、ぷんと垢臭くてつい顔を見返したと言いましてね。その男が着ていた物が、ぼろの着物だったからですが、その男には連れがいたって言うんです」

新五郎はそこでもぞもぞ懐を探ると、無造作につかんだ半紙を取り出し、

「これは番頭の藤八が、その二人を思い出して書いた似顔絵です」

伊織の前に開いて置いた。

新五郎は二人の男の絵をみせて説明した。

「藤八の話では、こっちの男がぼろを着ていたらしいのですが、ぬめっとした長い顔で、目も口も細かったと言っていました。そしてこちらのもう一人は、恰幅《かっぷく》がよく四角い顔をした男で、湯屋には不釣合な黒の紋付き羽織姿だったと言います。どこかにお祝いに行っての帰りかと思ったほどだと番頭は言っておりましたが、ふと、二人を前に一度見たような気がするなどと、そんなことも言っておりました」

「すると、近隣の常連の者ではないな」

「はい。ですから、犯人探しは難しいと諦めておりました。ところが……」

昨日新五郎は、湯屋仲間の寄り合いに出た。そこで、仲間の湯屋三軒が同じ被害にあっていることを知った。新五郎の桜湯は四軒目だったのだ。しかも被害のあった湯屋が記憶にあった盗っ人の人相とつき合わせてみると、どうやら下手人は同一のようだったというのである。

そして奇しくも今日、番頭の藤八が使いに出た折に、馬喰町《ばくろちょう》の路地裏で、盗っ人の一人とみられる着古した木綿の着物を着ていた男を、偶然見かけたと言うのであった。男は背中に子を背負ってあやしていた。その姿は、とても板の間かせぎをするようには見えなかった。盗っ人とはずいぶんかけ離れた印象だった。番頭は先の記憶の自信を失ったというのである。

「番頭は不確かなことで役人に訴えるわけにはいかないなどと言い出しましてね。もし馬喰町で見た男が、板の間かせぎに関係のない男だとすれば、男の暮らしに迷惑がかかる。どうしたものかと私に相談してきたものですから……」

新五郎は深い溜め息をついた。

「私は湯屋仲間の世話人を引き受けております。今度のことも仲間から一任されましてね、なんとかしてほしいと……野放しにしておいては営業が立ち行かぬと……」

「いかがでしょうか、伊織様」

吉蔵は新五郎の話がひととおり終わると、伊織の考えを確かめるように顔を向けた。

「ふむ……新五郎、その馬喰町で子守りをしていた者の名はわかっているのか」

「はい、路地裏のすぐ近くの長屋に住む亀吉《かめきち》とかいう男だそうです……わかっているのはそれだけですが……」

二

新五郎が言った馬喰町の長屋は、町内に古い公事宿《くじやど》が何軒か並ぶ横丁から入った裏長屋だった。

伊織は長吉とその長屋の木戸をくぐったが、目に飛び込んできたのは、かなり老朽化した建物だった。

長屋の路地では数人の男の子がおっかけっこをしていたが、伊織たちが路地の中に入って行くと、みな一ヵ所に集まって黒い瞳でいっせいに伊織たちを見た。

伊織がひっ越したばかりの長屋と比べると、一段と住民も貧しいのか、全体に軒には勢いがなく、木の朽ちた匂いが路地に流れていた。

「伊織様……」

長吉が、どことなく寂しげな日を浴びている井戸端の側にある家を目顔で差した。

亀吉というのは出職の大工で、井戸端のまん前がその家だと、木戸口の表で髪結い床を営む主から聞いている。

しかもその亀吉と同じ出職の大工で、兄弟のように仲のよい鶴蔵《つるぞう》という男も、亀吉の隣家に住んでいて、二人とも子沢山だということも聞いた。

「二人とも同じ親方のところに通っていたんだけどさ。その親方が死んじまって今は働く場所にもありつけないって、昼間はあっちこっちに出向いて仕事を探しているらしいから亭主は留守だよ。かみさんは内職に励んでいるから居る筈だ」

髪結い床の主はそう言ったのである。

その家が、いま長吉が目顔で差した家だった。

赤茶けた障子紙が幾重にも重なるように張られていて、それが模様になるほど色が違うのは、破れたところを何度も修理している証拠だった。

冬の日のひかりは、とてもその障子を通して中に入って行くとも思われないほどだったが、その戸はしまっていた。この寒さだ、戸を開け放しては暮らせまい……とも思ったが、
伊織は重い気持ちになっている。

貧しい暮らしで子沢山、しかも仕事にあぶれている男が、食うに困って板の間かせぎをした。決めつけるのは乱暴な話だが、そうするだけの条件は揃っていた。

間違いないとしっぽをつかまえた時の愁嘆場《しゅうたんば》を思うと、こうして一歩踏み入れた足にも力が入らない気がするのだった。

伊織は路地の一角で瞳を揃えて見つめている子供たちに、あいまいな笑みを送って井戸端に近づいた。

家の中から大人の女たちの声と小さな子供たちの声が聞こえてきた。女たちの声には屈託がなかった。喋り声の合い間にかさかさと紙が擦れ合うような音がするのは内職をする音かと思われた。

音は間断なく立っていた。

時折、「めっ、さわっちゃ駄目」などと小さな子を叱るような声も聞こえたが、貧しい長屋に暮らしている暗さはなく、伊織は救われた気分になっていた。

「会ってみますか」

長吉がささやくように言った時、

「ったく、油断も隙もないよ。今日ばかりは許せるものかね」

年増が、五、六歳の男の子の首ねっこをつかんで、ひきずるようにして木戸を入って来た。

「おっかさん待って、正《せい》ちゃんを許してあげて」

年増の後ろから十歳ほどの女の子が、おたおたして追っかけて来る。

「お千代《ちよ》、お前が悪いんだよ。こんな貧乏人の子に、むやみに恵んでやるから、味をしめてこうなるんだ」

女は千代という娘を怒鳴り飛ばして、井戸端の側の家の前に立つと、大きく息をして、乱暴に戸を開けた。

一瞬中の声が止んだ。女の剣幕に圧倒されたようだった。

女は正ちゃんと呼ばれた男の首ねっこをつかんだまま、家の戸口で大声を張り上げた。

「暮らしが貧しいからと言ってね、子供に泥棒させるようなことはおやめよ。今日という今日は、おかねさん、それにおすまさんに、きっちり言っておかなくちゃと思ってね」

女は怒鳴った。

千代という子は、そんな母親から離れて悲しそうな顔をして突っ立っている。

すると、家の中から女が二人、戸口まで出てきた。いずれもいつ髪に油をひいたのかわからぬほど艶がなかった。着ているものも粗末で継ぎがあたっていた。むろん化粧などしていない。黒い顔を二人ともしていた。

「いったい、うちの子が何をしたというんですか」

家の中から出てきた女の一人が、負けずに声を張り上げた。どうやら正ちゃんの母親のようだった。

「どうもこうもないよ。この子はうちの表の棚に置いてあった餅菓子を盗《と》ろうとしたのさ。いいかい。うちは盗っ人を養うために餅菓子売っているんじゃないからね」

正ちゃんと言われた男の子を女は突き出した。

「正次《せいじ》、ほんとかい？　……ほんとに餅菓子を盗ろうとしたのかい？」

母親は、突き出された男の子の顔を覗いた。

正次と呼ばれたその子は、母親の顔を見て泣き出した。

「正次！」

母親は幼いその子の頬を張った。

正次は一層声を張り上げて泣く。

「泣いてる場合じゃないだろ、正次。盗ったのか、盗ってないのか、お言い！」

母親は鬼のように恐ろしげな顔になった。

「いいかい。どんなに貧しくても、人のものに手をつけちゃいけない。おっかさんは口を酸っぱくして言ってきただろ。はっきり言いなさい」

「盗ってないよう、盗ってないって……」

　正次は泣きながら言った。

「嘘つくんじゃないよ。このあたしに見つかったからじゃないか。おかねさん、あんたの亭主の亀吉さんもそうだけど、おたくの家ではどんな躾《しつけ》をしてるんだい」

「どんなって、こんなだよ」

　おかねと呼ばれた母親は、奥にちらと視線を投げると、

「造花を内職にして暮らしているのさ。そのどこが悪いんだい」

「ふん。内職でおまんま食べなきゃならないのにさ。ゴロゴロ、ゴロゴロ子供つくって、みっともないったらありゃしない」

「ちょいとおくにさん、そのいいようはあんまりじゃないか」

　側で聞いていたもう一人の女が、見るに見兼ねて口を出した。おくにという正次の首ねっこをつかんで怒鳴り込んできた女の前に、ぐいと進み出て、

「あたしもそうだけど、このおかねさんはねえ、あたしが見てても、厳しく育てていますよ。今は盗ったか盗ってないか問題なんだろ。盗ったのかい。盗ってな

いのかい。盗ってないんだろ」

「………」

「いいかい、貧乏人だと見くびって、人の子を泥棒扱いするのはお止め！」

今にも飛びかからんばかりの勢いで立ちはだかった。

察するところ、正次という子の首ねっこをつかんで怒鳴り込んで来たのが、近くで餅菓子屋を商っているおくにという女で、怒鳴り込まれた家の中にいた女のうち、正次という子の母親がおかねと言い、これが亀吉の女房で、もう一人の女がおすまと言い、亀吉と兄弟分の鶴蔵の女房だとわかった。

おくには、目の前に腰に手を置いて立ちはだかったおすまと、さらにその後ろで、きりきりと歯をかみ締めているおかねに言った。

「あとでその子に聞けばいいよ。盗ろうとしたから捕まえたんだ。あたしからね、こんなことといわれたくなかったら、腰に縄でもつけておくんだね」

おくにはぷりぷりして帰って行った。その後ろをお千代という少女が、とぼとぼとついて行く。

「くやしいねえ、まったく。餅菓子屋がなんだってんだ。おととといきやがれ」

おすまは乱暴に戸を閉めた。

正次の泣き声と、女二人のぶつぶつ言う声がしばらく聞こえたが、あとは造花をつくる内職の音が聞こえるばかり――。

伊織は踵を返した。

「長吉」

横に並んだ長吉に言った。

「しばらく遠くから眺めてみるか。首ねっこをつかまえて、いきなりお前たちかと問い質すわけにもいかぬ……」

「へい。あっしに良い考えがあります。お任せ下さいませ」

長吉からすぐに返事がかえってきた。既に何か頭の中に描いていたらしかった。

「するとですね。長吉さん、あんたがあの長屋に住んで様子を見る。そういうことですか」

吉蔵は長火鉢に手をかざしながら思案顔をしてみせたが、すぐに、

「それもいいかもしれませんな」

伊織と弦之助を見た。

「しかし長吉では怪しまれはしないか……どう見ても岡っ引の目をしている。相

手に警戒心をいだかせるだけだ。なんなら俺が住んでもいいぞ」

伊織が言った。

頃は五ツ（午後八時）、吉蔵は酒を片手に長吉の話を聞いていたが、

「伊織様では無理でございましょう。どう考えても、そんな長屋に住む雰囲気ではございません。土屋様なら別ですが……」

吉蔵は、促すような目で弦之助を見た。

「何、俺が……」

弦之助はまさかのお鉢がまわってきて、苦笑した。

「弦之助には妻子がいる。家を空けるわけにはいかぬ」

伊織が言った。

「しかし、ぴったりでございます。相手も警戒せずに近づいてくるに違いありません」

「吉蔵、それはどういう意味だ……所詮俺は貧乏長屋がふさわしい、そういうことか」

「いえいえ、親しみやすいお人柄だと申しているのです」

吉蔵はくすくす笑った。

「わかった。俺が住もう。何、家には帰らぬほうが女房も気が楽だというものだ。亭主は金だけ運んでいればいい、留守の方が結構って顔をしているからな。それに、帰ろうと思えばいつでも帰れる」

「じゃ、そうしやしょう。土屋の旦那、お願いします。あっしは明日にも、あの長屋のひと部屋を借りておきます」

「よし決まった。というところで吉蔵、物は相談だが、お手当ては割増だろうな」

抜け目のない眼で弦之助が聞いた。

「はい。もちろんでございます。今度の件は、お記録の見届けというよりも、この私の頼みと思って下さい。桜湯の新五郎さんには今までいろいろと面白い話をもらっていますからね、力になってあげたいのです」

弦之助は、その言葉を聞いて、大きく頷き、

「なるほどな、吉蔵の気持ちもわかるぞ、うん。それで吉蔵、食事はどうすればいい？」

「はい。近くの蕎麦屋でも煮売り屋でも都合のよろしいところでなさって下さい。その掛かりも私がお支払いします」

「おっと、吉蔵、おまえもなかなかの人間だな。引き受けたぞ、任せておけ」

弦之助は元気な声で言い、胸を叩いた。

「土屋様、なんだかあやしいですね」

お藤がにこにこしながら、四人の肴を盆に載せて運んできた。

「なんであやしいんだ、滅多なことを言うものではないぞ、お藤」

「あら、そうでしたね。私、不忍池の池の端の飲み屋の女主人に、滞っている酒代をせっつかれていたのを見たような……」

お菜を皆に配りながら、くすくす笑った。

「ば、馬鹿な。そんなことで引き受けるのではない。断じてない」

弦之助はわめきながら、酒を注いだ。

「お藤、いいじゃないか。浮気をしているわけではない」

吉蔵が助け船を出す。

「近頃、お藤はずいぶんと意地悪くなったな。男に嫌われるぞ。まるでうちの多《た》加《か》を見ているようだ。吉蔵、これじゃあ嫁の貰い手はないな。おい、伊織もそう思わぬか」

振らなくてもいい話を、弦之助は伊織に振ってきた。

「さあな。しかし、どこかの若旦那のように夢に見るほどお藤を好いている男もいる。俺にはわからん」

「またまた、いい子ぶっちゃって」

弦之助が言った時、

「多加様に言いつけますよ。いじわるね」

今度はお藤がむっとして、台所に引き上げていったのである。

「土屋様、あとで当たり散らされるのは、この吉蔵でございますから、おてやわらかに頼みますよ」

吉蔵は、笑って言った。

三

「遠慮することはないぞ。思う存分やってくれ。何、金などどうとでもなる。金は天下のまわりものといってな、ひとところに止まってはいないものだ。だからそう言う。そうだ……お足という言葉を知ってるな。金には足がついているのだ。ふわふわ、ふわふわ……」

弦之助は両腕を犬がちんちんをするように上げ、手首をふわふわと振って見せた。

「旦那はうまい事をおっしゃいますね」

亀吉は大袈裟に手を打って、相棒の鶴蔵と大はしゃぎである。半ば白けてあきれ顔で見ている伊織だけがおいてけぼりで、三人は宵の口から相当飲んでいた。

土屋弦之助は、馬喰町の亀吉と鶴蔵が住んでいる裏店に住み着いてから、十日も経たぬうちに、すっかり長屋に溶け込んだようである。

ただ、老朽化した長屋で、十軒のうちの四軒が空家になっている。残っている長屋の住人たちのなかでも、亀吉と相棒の鶴蔵の家族が賑やかさにおいても家族数においても幅をきかせていた。

亀吉には女房のおかねと子供が三人、松吉《まつきち》、正次、捨吉《すてきち》と男の子ばかりがいて、一番下の捨吉はまだ二歳だから、時々亀吉が背中におんぶしたり手をひいたりして子守をしているのである。

一方の鶴蔵にはおすまという女房と、五一《ごいち》という男の子、そしておちぬという女の子がいて、現在腹にもう一人いた。

ともに子供が三人、食べるだけでもたいへんなのに、大工の仕事もままならないらしく、暮らしは女房たちの造花づくりでしのいでいる。

そんなところに、お気楽な浪人者弦之助がひっ越してきた。

弦之助は、表通りにある公事宿に泊まっている百姓の介添え人として長屋に待機しているという触れこみだった。

公事宿に泊まる客は、長逗留《ながとうりゆう》を余儀なくされる。半年や一年待たされるのは当たり前で、昼間ぶらぶらしていても誰も疑うことはない。

しかも弦之助は、暇だからと言い、女房たちの内職を手伝ったりするのである。

弦之助は、またたく間に長屋の一員になっていた。

そこで弦之助は様子を見にやってきた伊織を古い友人だと紹介し、安酒屋に亀吉と鶴蔵を誘ったのである。

飲み屋などという場所から足が遠のいていた二人は、天の恵みのように二つ返事で応じると、餓鬼のように酒をあおった。おかげですっかり酔いが回って、おしゃべりになっていた。

二人は、自分たちはつい半年前まで柳原《やなぎわら》通りに面した豊島町《としまちよう》一丁目の大工で「鬼勝」と呼ばれた親方勝蔵《かつぞう》のところで働いていたのだが、何の因果か親方がぽっくり逝ってしまってからは、この世の運が尽き果てたようにうまくいかなくなったのだと泣きごとを言った。

金にまったく縁がなくなってしまったと——。

そこで弦之助が、金は天下のまわりものだとか、金には足がついていてひととところに止まっていないのだとか、手振りを添えて慰めたのである。

だがそこに至る弦之助の調子のよさには、さすがの伊織も呆気にとられているのだった。

「旦那、旦那のような優しいお武家に会ったのは初めてでございやす。こうしてあっしたちに酒をふるまってくれたばかりか、慰めてくれるなんてよォ……」

今まで弦之助の話し振りに手を打って喜んでいた亀吉が、急に涙声になった。

「泣くな亀吉、長い人生の間に、ツキのない時は誰にでもあるんだ。そんな時はな。心のうちをぱあっと吐き捨てる。それで気持ちも軽くなる。嫌なことを吐き捨てれば、次の運がめぐってくるということもあるのだぞ」

弦之助は本気で慰めていた。

板の間かせぎをやる奴など、とんでもない野郎だ。それが本当なら胸倉をつかんで拳骨のひとつも見舞ってやろうと考えていた弦之助が、長屋の一員となり、二人の暮らしぶりを垣間見て以来、立てていた腹はいつの間にかおさまり、同情すら湧いてきていた。

「聞いてくれますか旦那……」

亀吉が潤んだ目を弦之助に向けた。

「いいとも、こっちにいる伊織にも聞いてもらおう。愚痴は聞いてくれる人が多いほどすっきりするものだ。姑や嫁が知り合いや近隣の者たちに、姑の悪口を言い、嫁の悪口を言うのには、そういうことがあるからだ」

弦之助は胸を叩いた。すると亀吉が、

「運のツキという言葉がございやすが、あっしたちは親方が亡くなったことで、その〝運のツキ〟の種を拾ってしまったようでございやす」

ぐいっと酒を飲み干した。

「くっ……」

さらに歯を食いしばって拳を作った。

「ふん、そんな種など俺が引き受けてやる。いや、俺も困るな、ばらまけばらまけ。捨てればいいぞ」

弦之助も酔っている。ずいぶんいい加減なことを言っていると伊織には思えたが、亀吉と鶴蔵にはそうはうつらなかったようだ。

「ありがとうございやす。あっしの場合はこうでございます……」

亀吉はまわらぬ舌で語ったのである。

それによると、親方が亡くなってから二人は自分で仕事を探すことになったのだが、最初の仕事はすぐに来た。

さる御旗本屋敷の改築だった。それも、改築に携わる三人の大工のうち、責任者としてやって欲しいというものだった。

仕事をくれたのは、亡くなった勝蔵親方を知っている大工の棟梁だった。

「すまねえが、法被《はっぴ》はうちのを着て貰うぜ、この仕事は鬼勝の仕事じゃねえ。俺の仕事だ。おめえも俺のところの大工としてやってほしいんだ。うまくいけば正式に俺の所に入ってもらうぜ。どうだ」

棟梁は亀吉を勝蔵の弟子ではなく、自分の身内として雇ってくれたのである。

――これで女房やガキの暮らしもなんとかなる。

亀吉は張り切って普請場に出かけて行った。自分でいうのも何だが、顔はまずいが腕のいい大工だと思っている。

ところがある日のこと、改築を一緒にやっていた大工二人が親方がいる本普請の仕事場に一日駆り出されたことがあった。

旗本屋敷の仕事は亀吉一人でやることになったのだが、厠に立ったその隙に、屋敷の幼子がカンナで遊んでいて指を切った。

幼子は嫡男だったために、殿様の激しい怒りを受け、お手打ちになるかと思ったほどだ。

幸い指は人差し指の第一関節あたりに深い傷があったものの、外科医師の処置を受け、日ごとに回復するとわかり、亀吉は一命を落とさずに済んだのである。

ただ親方からはお前の不注意だと厳しく叱られ、以後の出入りを断られた。

「それだけじゃあねえんでさ……」

亀吉は舌打ちした。

「次の現場では、普請場でボヤがありやしてね。ボヤがあったあたりがあっしの持ち場だったものですから、危うく火付けにさせられるところでした。それでまた職を失っちまいまして……嫌なことは重なるものでございやすよ。で、次のところでは……」

「おいおい待て待て、まだ続くのか？」

弦之助が呆れた顔で、亀吉を見た。

「へい。まだありやす。旦那、聞いてくれるんじゃなかったんで……ここまで話しやしたら、あっしも全部吐き出さなきゃあ気持ちが悪い……」

「わかった、わかった。吐き出せ、聞いてやるぞ」

「へい、ありがとうございます。その次に行きましたところが、日本橋に暖簾を掲げる呉服問屋でございやしてね。ご隠居の別荘を建てるが手伝ってくれという話を頂きやして参りました。ところがその隠居が、やたらと趣向にうるさくて、ああでもないこうでもないと……終《しま》いには『これじゃあ手抜きだ、やり直せ』などと言い出しやして、こっちも年季が入った大工でござんすと……素人《しろうと》が何がわかるんだと食ってかかりましたところ、どうもお前《めえ》とはそりが合わねえと思ったら、お前は申《さる》歳生れと言ったな。わたしはね、戌《いぬ》歳生れだから、お互いうまくないんだ、天敵どうしだからね。これは理屈じゃない、わるいがお前さんには辞めて頂きます……とこうだ」

　亀吉は訴えるような目を伊織に送って来た。

「うむ……」

　伊織は相槌を打ってやる。話半分にしても、ずいぶんついてない男だと同情が湧いた。亀吉は続けた。

「それを境に仕事がこなくなったのでございやす。大工がこのお江戸でどれだけいるかわかっちゃいない。何百という大工がいるにちげえねえんだが、噂はあっという間に広まっちまって、亀吉を使うとロクなことがねえなどという評判がたちまして……ですから今じゃあ、建てつけがわるくなった戸の修理や、家の中に棚をつけたりと、ケチな仕事しか舞いこまなくなりやして、これじゃあ親子五人が食うことなどできやせん」

「そうか、お前も苦労しているんだな」

「へい」

亀吉が頷くと、

「旦那、こんどはあっしの話を聞いて下せえ」

今度は鶴蔵がむくりと顔を上げた。

「あっしの場合も、親方の死を境に、どこかおかしくなっちまって……」

「ほう、お前も亀吉と似たり寄ったり、ロクなことにならなかったと言うんだな」

「あっしはね、まず普請場で倒れてきた木材に肩をやられて、筋がおかしくなっちまいやして、力仕事が出来なくなりやした。最初のうちは、無理をして雇ってもらっていたのですが、だんだんカンナをかけたり、釘を打ったりといった軽い仕事でも肩に激痛が来る。そのうちに、大目に見てくれていた親方や朋輩衆にも『おめえ、仮病をつかってるんじゃねえだろうな』などと嫌味を言われるようになりやしてね、今日に至っては、もう仕事もこねえ。期限を切らねえ手間賃仕事があるだけで、この肩の治療代にもならねえんでございやすよ。女房に食わして貰ってる有様で、男としてなさけねえ毎日です」

鶴蔵は泣きそうな声を出して説明した。

二人とも、弦之助や伊織を少しも疑っている様子はなく、

「こんなあっしたちに酒まで恵んで下さって、グチの種を捨てろと捨てさせて下さった。ありがてえ」

などと二人はしきりに礼を述べる。

調べのためとはいえ、伊織も弦之助も心の底が落ち着かない気分だった。

亀吉と鶴蔵の二人が、板の間かせぎなどという小働きをしていてほしくない。

弦之助はそう思ったが、しかし、身辺を調べれば調べるほど不審は深まるばかりだった。

大家の五兵衛《ごへえ》という男にも話を聞いたが、亀吉と鶴蔵は、昔からどこに行くにも一緒で、勝蔵親方の仕事を手伝っていた時には、金にも多少余裕があって、こ

っちの湯屋、あっちの湯屋と、湯屋道楽をしていたと言ったのである。

しかも、重大な話を大家はつけ加えた。

親方が亡くなった時、形見として未亡人から貰ったものがあるのだが、鶴蔵の方は親方のいっちょうらの紋付きの羽織と着物で、亀蔵の方は、親方が使っていた大工道具一式だと言ったのである。

形見を貰った当初、女房たちが自慢げに大家に話していたと言うのだから間違いなかった。

ただ、大家は鶴蔵が貰った羽織と着物を着ているのを見たことはなかった。

だからその事実だけで、二人が板の間かせぎと決めつけることは出来ない。シラを切られたらそれで終わりだ。

伊織は、厄を落とすのだと屈託なく話してくれた二人の顔を交互に眺めながら、せめてこの先は、板の間かせぎを未然にふせぐことは出来ないものかと考えていた。

四

伊織と長吉は、翌日亀吉鶴蔵のかつての親方だった鬼勝の家を訪ねた。

鬼勝の家は、豊島町の大通りから横丁に入ったところにある仕舞屋《しもたや》だった。

おとないを入れると、顔の艶《つや》に比べると、めっぽう白髪の目立つ女が出てきた。

勝蔵の女房おはんだった。伊織は長吉から、おはんは五十にはまだなっていないと聞いていたから、その老けた様子には驚いた。

「こちらの弟子だった亀吉と鶴蔵のことについて、ちょいとおかみさんにお聞きしたいことがあるのですが……」

長吉はおもむろに言い、おはんの顔を見た。

おはんは、はっとして聞き返した。

「亀吉と鶴蔵……あの二人に何か不都合なことがありましたか？」

「おかみさんは、板の間かせぎというものをご存じでございやすか」

「板の間かせぎ……聞いたことはあります、それが何か？」

おはんは不安そうな目を向けた。

「いや、実はその板の間かせぎを亀吉鶴蔵がしているんじゃねえかとね、そういう噂がありやして。いや、噂だけでなく、そんな気配も実際ある。それで、あっしたちはこちらに参ったのですが……」

「まさか……御奉行所の皆さんでございますか」

「いや、俺もこの男も、御成道のお記録屋『だるま屋』の者だ」

言ったのは伊織だった。

このおかみには、正直に打ち明けて協力してもらったほうがいい、咄嗟にそう思ったからだ。

眼の前の人物に伊織がそういう判断を下せるようになったのは、吉蔵の仕事を手伝うようになってからだ。

案の定おかみは、だるま屋の名も仕事も知っていた。奉行所の人間でなかったことでほっとしたのか、おかみの方から聞いてきた。

「だるま屋さんの皆さんがお調べになっているということは、ひょっとしてお奉行所のお役人様も二人を疑っているのでございましょうね」

「今のところは役人が動く気配はござらん。だが、こういう事が重なると役人も湯屋の勝手仕置に任せておくわけにもまいるまい。なにしろ湯屋というのは庶民の憩いの場だ、たびたびそこで盗みに遭うようではな……」

伊織の言葉に、未亡人おはんの顔が曇るのがわかった。

「こんなところではなんです。どうぞお入り下さいませ」

おはんは二人を奥の座敷に案内した。

座敷には立派な仏壇が置いてあった。居間として使っているようで、長火鉢の上には鉄瓶の湯がたぎっていた。

ふとその仏壇を覗くとその中には大工が使う墨壺が供えられていた。墨壺の車のところには鬼の面が彫刻してあり、鬼勝と呼ばれた勝蔵の愛用の品だとわかった。

おはんはまず仏壇に手を合わせると、

「あんた……もしも鶴と亀が悪いことをしでかしたとわかったその時には、あんたにかわってあたしが怒鳴りつけて、げんこつの一つもお見舞いしてやります。あんたはそこで、見物していて下さいな」

おはんはさらりと位牌《いはい》に告げると、かつての棟梁のおかみさんらしく、きりりとした顔で伊織と長吉の前に座った。

「なんでもおっしゃって下さい。私の知ってることは全てお伝えしますよ。こんなことをいっちゃあなんですが、二人とも亭主の田舎から連れてきた子です。二人が十二歳の時にね。食い扶持を減らしたいから預かってくれないかと昔の友達に頼まれて、亭主が引き受けてきたんです。私たちには子がいません。ですから二人をわが子と思って躾《しつけ》てきました。板の間かせぎなんぞするようには育てておりません」

おはんはきっぱりと言った。

「ふむ……おかみの気持ちもわからないわけではないが、今度の板の間かせぎは、二人組の仕業とわかっている。一人は粗末な何処に捨てても惜しくないような着物を着て、もう一人は黒の紋付き羽織に茶の地の着物と聞いている。そして手口はこうだ」

伊織はその二人のかせぎっぷりを説明してやった。

二人のうち紋付き羽織を着た男が、高価な衣服を脱いである籠の隣の籠に自分の着物を脱ぎ、その横の籠に粗末な衣服の男が着物を脱ぐ。

二人はさっと風呂から上がると、紋付き羽織を着てきた男が、さも自分のものを取り上げるようにして隣の籠の狙っていた着物を素早く盗り、粗末な着物を着てきた相棒に渡し、相棒はそれを着て、急いでその風呂屋を出るのである。

もしもその時、当の持主が風呂から上がってきたりすると、風呂にあたってぼーっとして、つい隣の着物と間違えてしまったなどとごまかすらしい。

実際一度は失敗して、つい籠を取り違えたなどと言い訳をして逃げている。

「まさかとは思いますが、黒の紋付き羽織に茶の地の着物……そうおっしゃいましたね」

おはんは、厳しい顔で聞き返してきた。

「心当たりはあるのだな」

「はい。亭主の形見として鶴蔵にやった着物がありますが、それが黒紋付きの羽織に茶の地の着物でした」

「何……まことか」

「はい。千代田のお城にお能拝見に参った時に作ったものです。一度しか袖を通したことのない新品同様のものでしたが、そのうちに鶴蔵も、立派な大工になればいい着物の一枚もほしいだろうと思いましてね……大も、私が持っているより喜んでくれるに違いないと思いまして、形見分けとしてあげました」

「羽織の紋はなんだ」

「変わった紋でしてね。丸に釘、でございました」

「丸に釘……」

伊織が長吉をちらと見た。

長吉は、被害にあった湯屋を調べてまわっている。

その長吉の調べでも、板の間かせぎの羽織の紋が丸に釘であることははっきりしていた。

おはんは二人の様子を察して顔色を変えた。

「なんてことでしょうね、まったく……これじゃあ死んだ亭主も浮かばれませんよ」

「今度その場を押さえられたらただではすみませんぜ、おかみさん……あっしたちも、そんなことのないように祈っていますがね」

長吉が念を押す。

おかみは大きなため息をつくと、

「だるま屋さん、あの二人をどうするおつもりですか」

「まず会って質してみる。改心しないようなら奉行所の役人に渡すしかあるまい。これ以上被害を増やすわけにはいかないのだ」

伊織は少し厳しく言った。

「申し訳ございませんが、一日二日、私に時間を頂けませんか。あの二人を仕込んだのはうちの人です。世話をしたのは私です。このままではいかにも情けなくて、夫も嘆いていることだと存じます。少し考えがございますので……」

伊織を、そして長吉をきりりとした目で見た。

「じゃあこれは、おかみさんに預けておきましょう」

長吉は、風呂敷に包んで抱えてきたものを、おはんの前に置き、結び目を解いた。

中には着古した着物があった。

「これは亀吉のもの……昔、私が繕ってやった、その名残が……」

おはんは驚いて取り上げた。

「おかみさん、これはさる湯屋に置き忘れてあったものですぜ。やはり覚えがございやしたか」

「どうしようもないねえ、まったく」

おはんは歯ぎしりするような声を上げた。

おはんが、亀吉の女房おかねと、鶴蔵の女房おすまを家に呼びつけたのは、その日の八ツ半（午後三時）ぐらいだったろうか。

「これを御覧よ。覚えはないかい」

おはんは仏壇の前に二人を座らせて、風呂敷に包んでいた着古した着物を突き出した。

「いえ……」

二人の女房は首を横に振って否定した。

「おやそうかい。おかねさん、これは亀吉の着物だろ」

「いいえ、見たこともありません」

「嘘をついたって、ばれてるんだよ！」

おはんは一喝した。初老の女とは思えない迫力である。

「仏壇の中から親方も見てる……鬼勝がね。おまえさんたちの暮らしを死ぬまで案じて、おまえたちの亭主を我が子同然に育ててきた親方の気持ちをさ、踏みにじるのかい……」

ぎろりと二人を交互に見た。

おかねもおすまも、首をすくめて畏《かしこ》まっている。顔も上げられないほど当惑しているのがわかった。

「黙ってんじゃないよ。それでよく子供を育てられるもんだねえ……いいかい、正直に話してくれないのなら、金輪際鬼勝の弟子だったなどと言うのは止しとくれ」

「おかみさん……」

おかねが悲痛な顔を上げた。

「おかみさん、すみません。どうかそればかりはお許し下さいませ」

「亀吉の着物なんだね」

おはんは念を押す。

「はい、その通りでございます。ずいぶんと着古した物でしたので、亭主も近頃は袖を通したことはなかったんですが……」

「でも、これを着て出かけたことがあった。そうだね」

おかねはこくんと頷いた。側でおすまも首を垂れ、びくびくして座っている。

「この着物はね、相生町の桜湯という湯屋に置きっ放しになってたものだよ。なんのためか……板の間かせぎをやったのさ」

「…………」

「亀吉はどんな着物を着て帰ってきたんだね。朝出て行く時には、よれよれのこの着物、帰ってきた時には結構な絹の着物、あんた、女房のくせにおかしいと思わなかったのかい」

「あの……それが、亭主は裸で帰ってきたんです」

「なんだって?」

「外で遊んでいた正次が、家の中から亭主の着物を持ち出そうとしているのを見たんです。問い詰めましたら、おとっつぁんが木戸のところで裸でふるえているのだと言いまして……それもあたしに内緒で持ってくるんだと言いつけられたのだと聞きまして……」

——ちくしょう、あいつ……

おかねはその時頭に血が上った。

おすまと二人で造花をつくって、やっとこさっとこ暮らしているのに、亭主の亀吉は博打にうつつを抜かし、負けて着ていた物を剝《は》ぎ取られたか、あるいは女が出来て、その女と喧嘩でもして裸のまま追い出されたか、いずれかだと思ったからだ。

おかねは亭主が裸で震えているという木戸に走った。

「これはいったいどういう事だい。きちんと説明してもらおうじゃないか」

寒さで震えている下帯ひとつの亀吉に詰め寄った。

「すまねえ。柳橋のたもとに裸同然の爺さんがいたんだ。気の毒に思ってよ、おいらの着物をその爺さんにやったんだ……」

亀吉は下を向いて言った。

「違うね。そんな話ならお前さんのことだ。飛んで帰ってきて大声であたしに早速話すだろ。そうではなくて、博打か、女か、どっちなんだよ！」

大股開いて腕を組み、ぐいと睨んだ。

亀吉はもともと嘘の上手な男ではない。これで逃げられぬと思ったか、

「おかね、すまねえ……驚かないで聞いてくれ。はっくしょん」

亀吉が鼻をすすりながら、おかねに告白したその話は、衝撃だった。

「あんた、なんて馬鹿なことを……今からでも遅くはないよ、その湯屋に返しておいでよ、盗んだ着物をどうしようっていうんだよ」

「もう見倒屋《みたおしや》に売っちまったんだ」

亀吉は右手を突き出した。その掌にはしっかりと一朱金が握られていた。

「鶴の野郎と半分こしたんだ」

「鶴蔵さんと一緒にやったのかい……」

「おかね、お前の言いたいことはよくわかる。おいらだってこんなことはしたくねえ。だけどよう、お前の内職だけでは満足に飯も食えねえ。この金があれば、少しましな物も子供たちに食べさせることが出来る。すまねえが目をつぶっていてくれ」

これもそれも家族のためだと唇を嚙む亀吉を、おかねはそれ以上追及することは出来なかったのである。

「そういうことです、おかみさん。どうかあの人を、いえ私たちをお許し下さいませ」

深く頭を下げた。

「ふん……」

じっと話を聞いていたおはんは、今度はおすまに顔を向けた。

「おすま、あんたの亭主はどうなんだい。まさか親方の形見の品を悪行の道具にしているんじゃあないだろうね」

「おかみさん、この通りです。お許し下さいませ」

おすまも、おはんの前につっぷした。

亭主が形見の品を着けて出ていくのを、おすまは不審に思ったが、仕事にありつくための身繕いだなどと言われて、そんなこともあるものかと思っていた。

ところがおかねから、亭主たちが板の間かせぎをやっているのだと知らされて、動転した。しかし、

「もう何度かやっちまったんだ。今更ひきかえすことは出来ねえ。腹の中のその子のためにもよ、一文でも金がほしい……いい仕事が入ったら止める。約束する。それまで黙って見ていてくれ」

鶴蔵に泣きつかれて、おすまも何も言えなかったのだと言った。

「情けないねえ、二人のうちの一人でも、男たちをいさめることが出来なかったっていうのかい。子供のことだってさ、このあたしに相談してくれたらいいじゃないか。あんた、聞いたかい」

おはんは、体をねじって仏壇に語りかけた。

「あたしとあんたの苦労は、なんだったんでしょうねえ。あんたもこれじゃあ浮かばれないね」

皮肉半分情けなさ半分のような投げやりな言い方だった。

「おかみさん……」

おかねもおすまも泣き出した。

「泣くんじゃないよ。泣きたいのはこっちじゃないか。それより、あんたたちが亭主の行いをいさめることが出来ないというのなら、こっちにはこっちの考えがある。あたしに亭主のこと、任せてくれるかい」

おはんは、決心した目できっと見た。

五

「伊織、見てみろ」

弦之助は、覗いていた障子の穴から顔を離すと、振り返って上がり框《かまち》に腰を据えている伊織を呼んだ。

弦之助は今朝からずっと表に面した障子戸に穴を空け、長屋の路地に鶴蔵が姿を見せるのを待っていた。

その鶴蔵が動いたのである。昼も八ツ（午後二時）を過ぎていた。

「よし」

伊織は、戸に近づくと弦之助と替わって、その穴から向こうを見た。

鶴蔵が紋付き羽織に茶の地色の着物を着て、出かけるところだった。

羽織の紋は丸に釘、親方勝蔵から貰ったものに間違いなかった。

「ちゃん、行くのかい」

鶴蔵の息子五一が鶴蔵を追いかけてきて声をかけた。

「ああ、ちょっくら行って来るからな。寒いから中に入ってな。帰りには何かうめえものを買ってきてやるから……さあ」

鶴蔵は背中を押すようにして子供を家の中に入れると、足早に木戸に向かった。

「よし、俺が行く」

伊織は弦之助に頷くと、古着の入った風呂敷包みをつかんで外に出た。

長屋の路地で声をかけることも可能だったが、なにしろ二人は子沢山だ。父親を路地で詰問すれば、子供の誰かがどこかで見ているかもしれない。

亀吉鶴蔵は良いとして、子供に罪はないのである。

「待て、鶴蔵」

伊織は長屋の木戸を出たところで、鶴蔵に声をかけた。

鶴蔵は、ぎくっと立ち止まると、後ろを怖々振り向いた。

「これは伊織様」

「どこに行く……その着物、棟梁鬼勝の形見の品だな」

伊織は有無を言わせぬように言い切った。

「どうしてそれをご存じで……」

目を白黒させて、鶴蔵が聞く。

「なにもかもお見通しだ。親ともいえる恩ある親方の形見を板の間かせぎの道具にするとはな、鬼勝があの世で嘆いているぞ」

鶴蔵の前にふらりと通せんぼをするように伊織は立ちふさがった。

「………」

ますます鶴蔵は混乱をみせた。返事も出来ずに目をぱちくりしている。

「おはんからも聞いておる。お前たちの女房たちにも話を聞いた。これは亀吉の着物だ。桜湯に置いてきたな」

抱えてきた風呂敷包みごと、鶴蔵の胸につきつけた。

「うっ……うっ」

鶴蔵は、苦しげな唸り声を出したが、驚きのあまり、言葉を失ったかのように見えた。

「俺たちは役人ではない。お前たち二人の悪を見逃すわけにはいかないが、お前たちがせめてこれまで盗んできた着物を持ち主に返すのなら罪は問われぬように手助けしてやる。奪った着物はどこにあるのだ」

　顔色を変えて突っ立っている鶴蔵の顔をきっと見た。

「…………」

「言えぬのか。ならば亀吉に聞くか……」

「亀吉は、仕事を探しにでかけていやす」

「どこに行った？」

「…………」

「ほう、湯屋の物色かな」

「…………」

「やっぱりな……物色が終わったところで待ち合わせをするのだな。何刻だ？

……一緒に湯屋に行くことはわかっているのだ」

　じりと寄る、その気迫に蹴倒されるように鶴蔵は言った。

「ゆ……湯屋には七ツ（午後四時）、落ち合う場所は両国稲荷《りょうごくいなり》……」

「両国稲荷の近くというと、なんという名の湯屋だ」

「米沢町《よねざわちょう》のた、た……『辰の湯』です」

「よし、まだ時間はあるな。俺についてこい」

伊織は険しい声で言い、鶴蔵を睨んだ。

伊織が鶴蔵を連れて行ったのは、かつての親方勝蔵が眠る墓地だった。新堀川《しんぼりがわ》沿いにある西方寺《さいほうじ》がその寺で、勝蔵の墓があるすぐ後ろには、赤く色づいた紅葉の木が植わっていて、それが、秋の日の名残りに照らされていた。

「親方……すまねえ」

鶴蔵は墓の前に膝を落とすと、両手をついて頭を垂れた。しばらくそのまま、じっとしていたが、やがてゆっくりと体を起こすと、

「親方のような大工になるのが夢だったこのあっしが、暮らしにせっぱつまったとはいえ、親方の意に背くようなことをしちまって……伊織の旦那、なにもかもお話しいたしやす。あっしと亀吉は、板の間かせぎを確かにやりました……」

がっくりと肩を落とした。

「それでこそ鬼勝の愛弟子だ。鶴蔵、正直に話せ。生まれてくる子のためにも心を入れ替えろ」

「へい。ことの始まりは、あっしの場合、肩を痛めやして、暮らしが立たなくなりやして。この、親方から頂きやした形見の着物を質に入れることも考えたので

すが、あっしには出来ませんでした。この気持ち、亀吉だって同じだったと思いやす……」

　二人は仕事にあぶれて、行く先の不安を語り合った。

　なにしろ二人は、鬼勝の家に住込みで内弟子として暮らしていた時から仲が良かった。

　それぞれが所帯を持ってからもそれは続き、同じ長屋に暮らし、仕事の後には、決まって二人で連れ立って湯屋めぐりをした仲である。

　その湯屋だが、この江戸には六百近くもあり、しかも湯屋にもいろいろあって、二人はその違いを楽しんでいた。

　少々入浴料が高くなるが、くすり湯と称する湯を試したこともあった。

　くすり湯というのは、その名の通り、薬草を煮て入れた湯で、薬湯《やくとう》ともいうが、伊豆方面の温泉場から樽《たる》で湯を運んできた湯のこともくすり湯と言った。

　近頃では薬研堀《やげんぼり》にぜんまいからくりの人形がいて、この人形が客の体を洗ってくれると評判になっていると聞き、その湯屋にも行ってみた。

　また、湯屋にはたいてい二階があって、ちょっとした食べ物や飲み物をここに取り寄せることが出来、無駄話を楽しんだり、囲碁を楽しんだり、湯屋は金持ちとか貧乏とか、そんな身分の違いを気にせずに遊べるところで、二人はここも利用したことがあった。

だから湯屋の板の間の衣類棚には、ありふれたくたびれた着物が置いてあるかと思えば、絹地の、いかにも高そうな衣類が置いてあったりするのをよく知っていた。

まさに裸のつきあいがそこにはあった。

しかしその湯屋めぐりも、親方が死に、運に見放された暮らしになると、諦めざるを得なかった。

二人にとって風呂は垢を落とすためのところで、遊びに行く所ではなくなっていた。

ある日のこと、久し振りに二人で行った湯屋の脱衣場で、昔を懐かしく思っていた時、ふと鶴蔵の頭を何かが横切った。

目の前に置いてある値の張る着物が鶴蔵の心をとらえていた。

――これを売れば、なにがしかの金は出来る……。

ガキに腹一杯飯を食わせることが出来るし、女房の喜ぶ顔も見ることが出来る。

ふと顔を亀吉に向けると、亀吉もじっとその着物を睨んでいた。

――だがどうやって持って帰る？

今着ている着物の上に、その着物を重ね着するのはなかなか難しい。脱衣場には人の出入りが激しいし、湯番も見ている。

その湯番になぜ重ねて着るのだと疑われたら、それで一巻の終りである。ましてて入場した時には、二人はいかにもみすぼらしく、顔色にも生彩がない。そんな人間が上物の着物を身につける筈がないのである。

第一、獲物に手を伸ばした時、もし風呂から上がって着た持ち主に見咎められたら返事のしようもないではないか。

二人は無言のうちにその日湯屋から帰って来ると、すぐに頭を寄せ合って策を立てた。苦肉の策だった。

それは、亀吉が捨ててもいいような粗末な着物で湯屋に入り、鶴蔵は親方の形見を身につけて、さも御店《おたな》の旦那衆といった風情で湯屋に入る。

亀吉はやせ型で貧相に見えるが、鶴蔵は骨太で恰幅も良く、人の目をごまかすことが出来ると思ったからだ。

脱衣場に入ると鶴蔵は、これと狙った着物が入れてある棚の隣に自分の着物を脱いで入れるのだ。

湯屋の脱衣場は、籠を置いてあるところや、箱になった棚のところや、棚に籠を入れるところなど様々だったが、要するに鶴蔵は、狙った着物のすぐ隣に、脱衣した自分の着物を置いたのである。そして、その隣に亀吉が脱いだ着物を置いた。

これだと万が一、鶴蔵が狙った物に手を伸ばしたところを見つかっても、つい間違えましたと笑っていえば、怪しまれることはまずない。

狙った着物を盗ることが出来た時には、側にいる亀吉にこれを渡し、亀吉はそれを着て、さっさと外に出るという段取りだった。

ついに二人は、ある日それを実行した。

一度目は持ち主が湯からあがってきて失敗したが、二度目、三度目は計画どおりうまくいった。

足がつかなかったのは、湯屋に詳しい二人が、毎回板の間かせぎをする湯屋を替えていたからである。

とはいえ、立派な棟梁を目指すための『お護《まも》り』である親方の形見を、泥棒の道具にしたことに鶴蔵は忸怩《じくじ》たる思いがあった。

しかしもう、後には引けないと思っていた。

「旦那、あっしも亀吉も、その稼ぎで息をついていたのでございやす。情けねえ話でございやすが……」

　鶴蔵は下を向いて言った。

「すると、盗んだ着物は、古着屋にでも売ったのか」

「へい。亀吉の知り合いに見倒屋がおりまして」

「見倒屋？」

　伊織は聞き返した。

　見倒屋とは古着や古道具や紙屑まで、なんでも買い取ってくれる商いだが、安く叩いて買うことから、見倒屋だと呼ばれている。

　亀吉と鶴蔵は、湯屋から盗んできた物を、その見倒屋に売ったというのである。

「三治《さんじ》とかいう男です」

　鶴蔵は神妙に答えた。

「三治だな」

「へい」

「住まいはどこだ」

「確か汐見橋《しおみばし》近くの橘町《たちばなちよう》だと聞いておりやす。あっしの知っているのはそれぐらいで、着物の処分は亀吉に任せておりましたので」

「亀吉に聞けばよいのだな」

「へい」

「鶴蔵、もう一度聞くが、これまで話したことに嘘いつわりはないいな」

「親方の墓の前です。嘘はつけません」

鶴蔵はきっぱりと言った。

六

「なんだありゃあ……」

伊織は両国稲荷の鳥居の下でたむろしている数人の人影に目を止めた。

雰囲気からして、ただごとではないと思った。その者たちは、ひそひそ話したり、奥の境内《けいだい》を覗いたりして、おそろしげな顔を寄せ合っているのである。

「まさか亀吉が……」

一緒にやってきた鶴蔵は、不安な表情で伊織を見た。

「なんの騒ぎだ？」

伊織が集まっていた数人の男女に聞いてみると、

「たったいま、ここで恐ろしいことがあったのでございますよ」

と言う。

「恐ろしいこと？」

「へい。めちゃくちゃに叩かれて蹴られていた男がいたんですが、その男が終いには両腕をとられて引きずられていきやした。生きているのか死んでいるのかわかりやせん」

男が言うと、それを聞いていた女がすぐに、

「生きてるもんかね、死んでるよ、もう……」

などと言う。

——まさか亀吉が……。

境内の奥を見ると、長吉が番屋の者と一緒になにやら検分しているのが見えた。

「長吉」

「これは伊織様」

「ここで何があったのだ」

「へい。亀吉がどうやら連れ去られたようで……それもかなりの大怪我をしてい

るのではないかと思われます」

長吉は、足元に落ちている赤黒い血のあとを差した。

「亀吉に間違いないのか……」

呆然として立っている鶴蔵をちらと見て、伊織は長吉に聞いた。

「間違いありやせん。ちょっと目を離した隙にやられまして」

「何、すると亀吉を尾けていたのか」

「はい、今朝土屋の旦那のところに行くつもりで長屋に向かったのですが、木戸口で亀吉が出かけるのを見たんです。それでずっと尾けていたんですが、最初は板橋に行きやしてね。板橋からここまで何ごともなく帰ってきまして、あっしもちょいと気が抜けました。それで、女房に言っておくことがございやして、いえ、それはたいした事ではござんせんが、昼もろくに食ってなかったものですから、少しの間ならよいだろうと、亀吉がこの境内に入って、そこの石に腰を据えたところで一度らくらく亭に戻ったのです。ところが、お茶漬をかっこんでいると稲荷で喧嘩をやってるなんて大勢の人が走って行く。それであっしも気になって走ってきたんですが、遅かったです。このありさまです。あっしがここに来た時にはもう、仰山《ぎょうさん》ひとだかりがしていたんです」

「しかし何者だ。亀吉を襲ったのは……」

「それですが、見ていた者の話では、亀吉を殴っていた一人が『盗ったのはお前だとわかってるんだ』とかなんとか言っていたようですからね……」

「着物のことだな」

「おそらく……板の間かせぎについちゃ、奉行所に訴えてもなかなか動いてくれやせん。湯屋などにいい着物を着ていったり大金を持っていって盗られたのは、自分の不注意ではないかと逆に叱られちまいます。ですから、誰かはわかりませんが、被害にあった者自らが乗り出して板の間かせぎを捕まえようとして亀吉を傷つけた、そういうことだったのかもしれませんね」

「ふむ……しかしだな。それにしても、どれほど立派な着物だったのか知らないが、着物一枚で半死半生の目にあわせて拉致するとは、尋常ではないな」

伊織は、首を傾げた。

「亀吉に大怪我を負わせ、命を落とすような事になったその時には、板の間かせぎなど比較にならない重い罪を負うことになる。そこまで覚悟してやるからには、奪われた着物には相当の、何か人には言えない秘密めいたものがあった、そういうことではないのか」

「伊織様……」

長吉が興奮した声を上げた。

「それはいったい何だとお思いですか」

「さあ……」

伊織はきらりと鶴蔵を見た。

鶴蔵はがたがた震えていたが、伊織に睨まれて、激しく首を左右に振った。

何も心当たりはないのだと否定したのである。


汐見橋というのは、浜町堀《はまちょうぼり》に架《か》かる橋のひとつである。

橋の南側には堀筋に河岸があり、その河岸と大通りを挟んで元浜町という町が広がっている。

一方橋の北側には、橘町があるが、これが一丁目から三丁目まであって、三治という名の見倒屋の住まいを見つけるのは大変だった。伊織と長吉、それに弦之助まで加わって、むろん鶴蔵を案内役にして手分けして三治の家を探した。

見倒屋というからには、暖簾のひとつも上げているのかと思ったが、そうではなく、古い仕舞屋に小さな黒ずんだ板切れの看板『なんでも買います』をぶらさげただけの家だった。

おとないを入れても返事がない。

人の気配は感じられるのに、足音も立たなかった。

伊織たちは戸を開けて土間に立った。

もう一度長吉が大きな声で、

「見倒屋の三治さんとは、こちらでござんすね」

おとないを入れると、

「はい……お待ちを……」

今にも消え入りそうな声がしたと思ったら、顔は紫色に腫れ上がり、足に晒《さらし》を無造作に巻きつけた男が、はいはいしはじめた赤ちゃんのように、あぶなっかしい這《は》い方で、腰から下を引きずるようにして出て来た。

「亀吉の知り合いだ」

長吉が亀吉の名を出すと、ぎくりとして、やがて泣きだしそうな顔になった。

「いったいどうしたのだ。その傷は……」

弦之助が聞くと、

「昨夜、乱暴な男たちに踏み込まれまして、このざまです」

などと言う。

「昨夜だと……男たちは何者だ」

「わかりません。ふいに入って来たんでさ。お前のところに持ち込まれた着物を出せって……ひと月前に路考茶《ろこうちゃ》の結城紬《ゆうきつむぎ》の羽織と着物が持ち込まれたんじゃないかって」

「ひと月前に持ち込まれた路考茶の結城紬……」

「へい。そんなことを今頃言われたって覚えてねえ、そうあっしは言ったんです。そしたら突然、嘘をつくなと殴る蹴るで……さんざん痛めつけられやした。動けなくなったあっしに、奴等は……板の間かせぎの品をここに持ち込んでくる者の名と住家を言えと……それで、しかたなく、亀吉の名と家を教えたわけでございやす」

疚《やま》しそうな顔をした。

「ちくしょう。てめえのために亀吉はさらわれたんだ」

鶴蔵は三治を険しい目で見下ろした。手は拳をつくって震えている。三治が怪我をしていなければ、飛びかかったに違いない。

「よせ。自分のしたことを考えてみろ。お前にしたって、亀吉にしたって、泥棒するから、こんなことになるんだ」

　弦之助が一喝した。

「すまねえつい……」

　鶴蔵は三治に頭を下げると、

「三治さん。あっしは亀吉の相棒の鶴蔵といいやすが、ひと月前に持ち込んだ品を出せと、そいつらは言ったんですかい」

「ああ、間違いねえ」

　その言葉に鶴蔵は頷いたのち、

「伊織の旦那……ひと月前の品というのなら、相生町の桜湯で盗んだ品です。色とか織りとか、そんなややこしいことはあっしにはわかりやせんが、絹地か木綿地かぐらいのことはわかりやす。桜湯で盗んだのは、もちろん絹ものでした」

　鶴蔵は言い、神妙な顔で見返した。

七

「どうもこうもありません。丸徳の覚蔵さんは毎日のように誰かをよこしましてね。店の前で盗まれた着物を返せと大声を上げてますよ。私どもも困り果てまして、それじゃあ相応のお着物をお届けしますからと申し入れをしたのですが、それじゃあ駄目だって……そんなことを言われても手の打ちようがございませんや」

桜湯の主新五郎は、上がり框に腰を斜めに据え、店の板の間に座っている伊織と吉蔵に弱々しい笑みを見せた。

御府内は昼ごろから雨が降っていて、さすがの吉蔵も今日は店の中でお記録の帳面を広げている。

雨足が強く『古本写本　だるま屋』の紺の暖簾は雨にけぶっているし『古本売買　御書物処』の箱看板は、早々に店の中にお藤が入れて土間にあった。

「代わりの着物で駄目というのは、どういうことですかね、新五郎さん」

吉蔵は新五郎の前に温めた酒を出した。

お藤がいればお茶も出せるが、伊織と二人の留守番では、客にはお茶のかわりに酒を出す。

「こりゃあどうも、体が暖まります」

新五郎はそう言うと、ぐいとまず盃ひとつ呑み干して、

「つまり、盗まれた着物じゃないと駄目だと言うんです」

ほとほと困り果てたという顔をした。

「………………」

「尋常な執着ではありませんね、あんなお客は初めてですよ」

「新五郎、盗まれた覚蔵の着物だが、路考茶の結城紡で間違いないな」

盃を置いた伊織が聞いた。

「はい。気に入りの着物だったとか言っておりました。しかしですね、そもそもそんな着物を湯屋なんぞに着てくるのが、わたしから言わせれば間違っておりますよ。板の間かせぎの肩を持つわけではありませんが、こんな話はお奉行所に訴えてもとりあってはもらえません。実際、それほど執念を燃やしてわたしどもを責めるのなら、お奉行所に訴えればいいと、こっちも腹立ち紛れにやんわりですが言ってやりましたよ。すると、お役人は関係ないなどといっそう怒り出しまして……」

「はて……」

伊織は、頭を捻った。

湯屋にいっちょうらの着物を着ていくのはいいとして、板の間かせぎに遭わないまでも、何かの拍子に汚されたりすることは考えられる。

不運にも万が一そのようなことがあった時には、自身の不注意を指摘されることも覚悟して奉行所に訴えるか、そうでなければ湯屋と折り合いをつけるしかない。

ところが覚蔵という人は、そのどちらにも気乗りしないようである。

相応の額の弁償を申し出ても、欲しいのは弁償金ではなく、盗まれた着物だという。

なぜそこまで盗まれた着物に拘《こだわ》るのか……。

「やはり、ただの着物じゃないな……」

伊織は思案していた顔を上げた。

一つの考えがまとまっていた。その時であった。雨を蹴る足音が近づいてきた。

その足音の主の報告次第で、伊織の考えが確かなものかどうかわかるはずだった。

「おお、冷てえ。雪にでもなるんじゃないですかね」

傘を畳んで入ってきたのは長吉だった。

長吉は、この寒いのに尻はしょりをしていた。ぱっちも足元もすっかり濡れていたが、長吉の顔にはそんなことなどどうでもいい、重大な話を聞いてきたという確かな自負がみえた。

長吉は、丸徳屋覚蔵を調べに行っていたのである。

「その顔では長吉、何かわかったな」

伊織が笑みを浮かべて迎えると、

「へい。おっしゃる通りで……奴はただ者じゃない、大きな鼠《ねずみ》、溝鼠《どぶ》かもしれませんぜ」

長吉は、そこに座っている新五郎に、

「桜湯さんも運がなかった」

気の毒そうに言い、

「親父さん、あっしが見たところ、丸徳はまともな商いをするような店ではございやせんぜ。店の看板は隠れ蓑、とかくの噂がある店だとわかりました」

長吉は、土間の隅に置いてある空き樽を抱えてきてそこに置き、それに座った。

樽はお藤が踏み台に使っているものだが、濡れた体で上には上がれぬと遠慮したものらしい。

「唐物屋《とうもつや》じゃなかったのですか」

意外だという顔で新五郎が聞いた。

「確かに店は間口三間、かろうじて表通りに看板をかけてはおりやすが、奉公人もいるのかいないのか、品物もこれといった物が並んでいる訳ではありやせん。第一出入りしている輩の目付きが悪い。あっしの勘じゃあ、陽の当たる道を歩いてきた者たちじゃあねえ、牢屋の臭い飯をくらったことのあるような奴等ばかりで、これが神田河岸にある丸徳の倉庫を、ひがな一日見張っているんです」

「何……神田河岸に倉庫があったのか」

聞いたのは伊織だった。

「へい。あっしも知りませんでした。店は新五郎さんの湯屋がある神田相生町なんですが、品物は神田河岸の倉庫にある」

「………」

「つまり丸徳は、仕入れた品物を店には並べずに、梱包のままどこかに売却しているということですね」

吉蔵の目がきらりと光った。

「仲買業……ということですか？」

新五郎は生唾を呑みこんだ。

「さあ、まともな仲買業ならいいのですが、北町の蜂谷の旦那にばったりあったんです、神田河岸で……それで旦那にお聞きしましたところ、覚蔵には抜け荷の疑いがかかっているということでした」

「抜け荷ですか……なるほどな」

伊織様はどのように思われますかと、酒で桃色になった手の甲をせわしなく擦りながら、吉蔵はちらと見た。

「ふむ……もしもそういう事なら、大胆な奴め。ひょっとして着物の袂かどこかに、抜け荷受け渡しの証文かなにか入っていたのかもしれぬな」

伊織は険しい顔で吉蔵を見た。

「はい。それなら説明がつきます」

「亀吉の消息はどうだ。気配ぐらいはつかめたか」

伊織は今度は長吉に聞いた。

「いえ、それがまだ……ただ、妙な話は聞きました」

「…………」

「ついこの間ですが、荷揚げ人足が逃げ出そうとして捕まったと言うのです。この話は神田河岸で縄暖簾《なわのれん》の店を出している親父から聞いたんですが、たかが人足一人に大勢が飛びかかって痛めつけ、両足をひっぱって蔵の中に押しこんでしまったと言います。その後、その人足の姿を見た者はいないそうです」

「よし……吉蔵、一度俺が正面から覗いてみるか」

伊織は思案顔の吉蔵を見た。


「ふむ……」

伊織は先ほどから、覚蔵の店の棚に置いてある天目《てんもく》茶碗に目を奪われていた。

艶やかな黒い肌に、星団を一筋掃いたような幻想的な模様のある碗だった。

伊織は、嫂《あによめ》の華江の手解《てほど》きを受け、茶の湯を楽しんだことがある。少しも上達しないのでもっぱらお茶を頂くだけのものだったが、嫂が所蔵する茶器の珍品の絵の中に、油滴《ゆてき》の天目茶碗を見たことがあった。

いま目の前にある茶碗は、それとよく似ていると思った。

油滴の天目茶碗がつくられたのは南宋《なんそう》時代、すると、この品も中国から渡ってきたのかと思ったのだ。

しかしそれなら、容易に手に入らぬ品が、こんな雑然とした店の棚に無造作に置いてあるものだろうかという疑問が湧いた。

なにしろ外国との貿易は長崎一ヵ所と決められている。

諸外国の物はオランダ商館を通じて手に入れていたし、清国《しんこく》の物は、直接入荷することが出来た。

ただし、あくまでも幕府の取締機関である長崎会所の検閲を受けなければならなかった。

この正式な手順を踏まない品の取引を抜け荷と呼ぶ。

沖合いまでやってきた通商を結んでいない外国の商船が、長崎会所の目を盗み、結構な数の品を荷揚げし、それが抜け荷として出回っていることを、伊織は目付の兄からも聞いたことがある。

――しかし……。

伊織がこの丸徳屋の店を外からながめ、その後こうして店の中に入って様子を窺ってみても、店の中は閑散として生気がなく、奉公人はというと、

「旦那様は、お出かけでございやす。しばらくお待ち下さいませ」

町のちんぴらのような男が出て来て、伊織にそう告げただけである。

ところが一方で新参者だと聞いている丸徳が、向嶋に別荘を持ち、筋違橋《すじかいばし》袂の船屋には屋根船も船頭も借り切って、いつでも乗れるように置いてあるというから豪勢なものである。

一見して店の様子と暮らし向きが、こうも不均衡なのは、神田河岸にある蔵の中味にあるようだ。

神田河岸の蔵の前には、人相のよくない男たちが昼夜見張りに立っているというからただごとではない。

何かある——。

伊織の脳裏に覚蔵への疑惑が深まったその時、

「お待たせをいたしました」

店の奥から色の黒いぎょろりとした目の男が出て来て、膝をついた。

「主の覚蔵でございます。ずいぶんとお待たせしたようで申し訳ございません。して、どちら様でございますか」

覚蔵は警戒の色をみせた。

「俺か……俺はお記録屋の者だ。世間の噂の種の真相を確かめている」

「はて……」

覚蔵は、ぐいと体を起こすと、

「私になにを確かめに参られましたか……」

「ほう、知らぬとな……やくざの親分よろしく、板の間かせぎに遭った着物を返せと大騒ぎをしているその張本人に、覚えがないとはな」

伊織は覚蔵を見て、にやりと笑った。

「まさか……お武家様、そちら様こそ、そんないい加減な話を持ち込んで、この私からなにがしかの金品を出させようというのではありませんか」

「馬鹿な、口を慎め丸徳屋。浪人風情に何が言えるかとタカをくっているのなら、今のうちに考えを変えたほうがいいな。俺はな、金で人の顔を張るような奴等が一番嫌いだ。腹が立った時には……」

ぐいと大刀の柄頭《つかがしら》を上げて見せた。

「ふっふ。冗談でございます。お気に障りましたらお許し下さいませ」

覚蔵はいかにも改った言い方をした。だがその目は、冷え冷えとして不敵な光りをたたえていた。

伊織は、その目をとらえて、

「もう一度聞くぞ。桜湯を脅してないと申すのか」

「はい。もちろんでございます。この私が脅しているなどと、桜湯さんもひどい人です。何か魂胆があるのかもしれません。私が新五郎さんに言ったのは、湯屋としての心構えに欠けていると、少しお説教させていただいたのでございますよ」

「ふむ。すると、着物のことは諦めたのか」

「はい。着物一枚盗まれたところで、どうということではございません」

「その通りだ。お前の暮らしで着物一枚盗られたといって大騒ぎするほどのことではあるまい。ただ、盗まれた着物がただの着物でなかったとしたら……」

「…………」

覚蔵の顔色が、一瞬変わった。だがすぐに覚蔵は表情を戻して苦笑した。

「笑っているが、俺はな。盗まれた着物には、たとえば袂に大事な物が入っていた……そういうことではないかと思っている……」

「まさかそんな、お侍様……」

覚蔵はくつくつ笑って、

「いったい何が入っていたとおっしゃるので？」

小馬鹿にした顔をした。

「まあよい。今にわかる。俺は秋月伊織という者だが、板の間かせぎをしていた男がさらわれたのだ。生きているのか死んでいるのか……お前がそうさせたのではないかと思ったのだが……」

「ふん。いい気味です。悪いことをすれば天罰が下ります。もしもその男がどうなろうと、誰も同情はいたしません。お奉行所にかわってよくやってくれたと褒められる。そうは思いませんか、秋月様……」

「さあ、どうかな。お前の口からもう一度その言葉を聞きたいものだが、そうもいかぬかもしれぬぞ」

伊織はふっと笑って立ち上がった。

外に出てちらと店の奥に視線を投げると、覚蔵が険しい目をして身動《みじろ》ぎもせず、じっと伊織を見送っていた。

八

「伊織様！」

鶴蔵は、枯れた茅の中から顔を上げて伊織を呼んだ。

二人は神田川に架かる和泉橋《いずみばし》下の河岸にいた。夏の間に深い茂りを見せ、波のように風に靡《なび》いていた茅の株が、そのままの形で茶色になって突っ立っている。

その一角で鶴蔵は声を上げたのである。

覚蔵が着物に異常な執着をみせるその理由を知るために、伊織は鶴蔵に着物の中に何か入っていたのではないかと聞いてみた。

するとと鶴蔵は、桜湯を出たあとは、二人で急いで和泉橋の下まで走り、そこで亀吉が着物を脱いだこと。その着物の襟のところに縫いつけてあった油紙に包まれた物を、邪魔だと言ってもぎ取ってあたりにほうり投げたことなどを伊織に告げたのである。

「それだ……そこにすぐに案内してくれ」

伊織のただならぬ顔色に、鶴蔵はすぐに案内に立ったのだった。

「伊織様、ここです。このあたりで、盗んできた着物を亀吉が脱ぎやしてね……」

鶴蔵はざっと見渡したあと、また腰を折ってあたりを手探りしていたが、

「あった……」

すっとんきょうな声を上げた。まさか捜し物がそんな簡単に見つかるとは思ってもみなかったに違いない。

鶴蔵の手は、掌に載るほどの小さな油紙の包みをつかんでいた。

「どれ、見せてみなさい」

伊織は、鶴蔵から油紙の包みを取った。

中には小判ほどの厚い紙が入っていた。その紙には鬼の面の片側半分が描かれていた。

――割り符か……。

思案の視線を泳がせた時、

「伊織様……」

長吉が近づいて来た。長吉はすぐに伊織の手にある鬼の面の絵に気づいて、

「割り符ですね。やっぱり抜け荷をやってるな、丸徳は……」

険しい顔で伊織を見た。

「何かつかんだのか？」

「へい」

長吉は頷くと、後ろを向いて橋袂で怯えた顔をして立っている人足姿の男を呼んだ。

「すまねえが、ちょいとこっちに来てくれ」

男は周囲を見渡したのち、急いで近づいて来た。

「伊織様、この男は丸徳に雇われていた人足の時蔵《ときぞう》という男ですが、人足仲間が覚蔵に殺されて、簀《す》巻《ま》きにされ、大川に流されたというんですがね」

「何……いつの事だ」

「へい。亀吉とかいう男が瀕死の状態で連れてこられた翌日のことでした」

「何、亀吉だと……亀吉を知っているのか」

「へい」

「今どこにいる……」

「河岸に建つ丸徳屋の蔵です。蔵の中には、どこから運んで来たのか檻がありやして……畳一畳分ほどの広さですが、亀吉はそこに入れられています」

「そうか……しかしお前の仲間はなぜ殺されたのだ……」

「蔵にある荷物の中から小さな香炉を盗みまして、それを懐に入れて逃げ出そうとしたんです」

「ほう……まさか抜け荷の品ではあるまいな」

じろりと見ると、時蔵の返事より早く、長吉が言った。

「そのまさかですよ、伊織の旦那。あの蔵の中にはそういった品が積まれているということです。これは、お奉行所も疑いを持っています。そこで、蔵の周辺を調べていましたら、この時蔵に声をかけられやしてね。どうやらあっしを、岡っ引と思ったらしくて……」

長吉は苦笑して、横に立つ時蔵をちらと見た。

「殺された男は市助《いちすけ》といいます。あっしはなぜ市助が檻に入れられているのか知らなかったのですが、市助はその事をあっしに打ち明けてくれやして……お前は一刻も早くここを出ろと……そして自分に何かあったらこのことをお奉行所に訴えてほしいと言ったのです。で亀吉という人が檻に入れられたのは、あっしが蔵を去る日の夕刻でした。あれから十日近くたちます。ですから市助が殺されたことは、昨夜両国で仲間に会いやして、その時に聞いたものです」

「まことか、その話？」

「伊織様、あっしが時蔵にかわってお奉行所に届けました。水死体が揚がっていないかどうか調べてほしいと……これは単なる土左衛門じゃない、抜け荷の話が絡んでいるのだと訴えましてね。ですから、本当に簀巻きの土左衛門が揚がれば、もうそれは動かしようのない証拠になりやすから……」

「そうか……」

伊織は頷いたが、不安がないわけではなかった。

もしも遺体が出なければ、町奉行所の手を借りて、あの蔵に入ることは難しくなる。亀吉は別の方法で助け出さなければならないのである。

果たして伊織の不安は的中した。

その日、奉行所は夕方まで捜索したが、人足の遺体は川から揚がらなかったのである。

その報告を、だるま屋で長吉から聞いた伊織は、

「案ずるな。亀吉を助ける手はまだある」

刀をつかんで立ち上がった。


伊織と弦之助が、鶴蔵を連れて神田の河岸に立ったのは、まもなくの事だった。

さやかな月が、蔵の前に立つ見張り番をくっきりと映し出していた。見張り番は二人いた。

いや、良く見ると、蔵の中に灯が見える。その灯の前を左右に過ぎる数人の影が見えた。

「だ、旦那……」

鶴蔵は立ち尽くした。歯ががちがちと鳴っている。

「しっかりしろ。相棒の亀吉を助けてやりたい、そう言ったのはお前じゃないか」

弦之助が鶴蔵の耳元にぴしゃりと言った。

「へい」

鶴蔵は返事はするものの、気持ちはあっても体が動かないようだ。真っ青な顔で前を見ている。

「命を賭けてもいい、そう言ったのはお前だ」

更に弦之助は、鶴蔵の気持ちを追い込んでいく。

「へい。ですが、だ、旦那、足がすくんで前には進めねえんで」

「この期に及んで何を言うか。お前が一肌脱がなくてどうするんだ。俺たちにばかり頼ってはいかん。いいか、お前の女房も言っていたではないか『あんた、男になっておくれ。子供たちのためにも、うちのおとっつぁんは立派な人だって見せてやっておくれ』とな」

「へい」

「なあに、これが厄落としだと思えば力も出る。亀吉を助けることが出来たなら、お前たちにはまだまだ運があるということだ。いや、新しい運がこちらにいよいよ向いてきたのだ。そうは思わぬか」

弦之助は丸徳の蔵を前にして、怯える鶴蔵を励ました。

伊織も弦之助と同じ気持ちで聞いている。

これから鶴蔵には一役買って貰わねばならぬのだ。それに、親方が亡くなってから失っていた自信を、これを機会に取り戻して貰わねばまた同じ轍《てつ》を踏む。

そこで伊織は、

今夜四ツ、神田河岸の蔵の前に参る。持参の物と亀吉を交換したい——般若。


と、半ば脅迫めいた文を覚蔵に送りつけていた。

『般若』と書いたのは、割り符を連想させるためだった。

「行け」

伊織は鶴蔵の背を押してやった。

鶴蔵は、恐る恐る近づくと、

「やい、旦那はいるか」

蔵の前に立ちはだかるようにして立った。

「旦那はいるかだと……てめえは誰だ」

戸口に立っていた男が、睨《ね》めつけた。

「お、おれは、般若の使いだ」

「何……」

男は血相を変えて、蔵の中に走り込んだ。

まもなく、覚蔵と一緒に走り出て来た。

覚蔵は御大層に手下を両脇に従えている。いずれも目付きのよくない男たちばかりだ。

「お前が般若の使いだと？　……」

覚蔵は、鶴蔵を舐めるように見渡すと、

「そうか、あいつの相棒だな」

にやりと笑った。

「そうだ。亀吉と一緒に板の間かせぎをやった者だ。お前の欲しがっている物は、ここにある。亀吉をここに出して来てくれ」

鶴蔵は、胸を叩いた。

「ふん、先に見せな。その物をな。亀吉を返すのはそれからだ」

「嫌だね。亀吉を先に出してくれ。そしたら渡す」

鶴蔵は懐から例の油紙の包みを握って取り出すと、覚蔵にこれでもかというようにぐいと上げて見せた。

「わかった。ここに連れてこい」

覚蔵は、側にいる手下に言いつけた。

手下二人が蔵の中に走り込むと、すぐに亀吉を両脇から抱えて連れて来た。

「亀吉!」

鶴蔵は、亀吉の無事な姿を見て、泣き出しそうな声を上げた。

「鶴蔵……」

亀吉も感きわまった悲壮な声を上げる。

覚蔵は冷たい笑いを目の端に浮かべると、

「さあ、それをこっちに貰おうか」

亀吉を前に突き出して、同時にもう一方の手を広げて突き出した。

「亀吉、待ってろ」

鶴蔵が油紙を覚蔵の掌に載せた。同時に亀吉の腕を引っ張って逃げ出そうとした時、

「やっちまえ」

突然男たちが鶴蔵に飛びかかって来た。

「うわっ」

鶴蔵は、亀吉の手を引っ張ったまま飛び退いた。だが、後ろに引こうとした足が石ころに乗り上げてひっくり返った。

「馬鹿な奴め。かまわねえから二人とも殺せ」

低い声で覚蔵が言った。それを待っていたように、手下三人が揃って匕首《あいくち》を引き抜いた。

「や、やめろ」

鶴蔵は亀吉と抱き合って、迫る手下たちを仰ぎ見た。

「お前はこの油紙の中身を見ている。生かしておくわけにはいかん」

覚蔵はそう言うと、すいと後ろに下がった。殺れという合図だった。

ところがその覚蔵が、

「待て、止めろ」

手下の動きを止めた。皆一斉に覚蔵の方を見た。

覚蔵は、喉に小刀の切っ先を突きつけられていた。

刹那、みぞおちに拳が入った。

「うっ……」

顔を歪め、前屈みになったその尻に今度は足蹴りが襲ってきた。

覚蔵は二間ほど飛び、気を失った。

手を払って灯の光の中に現れたのは、弦之助だった。

「あっ！」

今度は手下たちが、三方に飛ばされた。

「よくやったな鶴蔵」

人影は伊織であった。

「だ、旦那……」

「離れていなさい」

伊織はそう言うと、覚蔵に近づいて活を入れた。

「立て、立って蔵に入れ」

腰が抜けたように呆然としている覚蔵に言った。

「早くしないか！」

弦之助が、覚蔵の首ねっこをつかまえると、引きずるようにして、蔵の中に押し入れた。手下三人も、続けて蔵の中に押し入れた。

「これでよし」

弦之助は外から重たい錠をかけると、両手の埃を小気味良く払い、伊織ににっと笑ってみせた。

「伊織様！　……土屋の旦那！」

長吉が蜂谷と捕り方を案内して走って来た。

あれから十日、小伝馬町の牢屋敷の前には人だかりが出来ていた。

人だかりといっても、だるま屋の吉蔵を除く面々と、亡くなった鬼勝の女房おはん、亀吉の女房おかね、そして鶴蔵の女房おすま、それに桜湯の主新五郎たちであった。

一同固唾《かたず》を呑んで待つところへ牢屋敷の扉が開き、見廻与力、検使与力、打役、数え役、鍵役などが石畳の上に並んだ。すると、腰に縄をつけられた鶴蔵と亀吉が出てきた。

「おまえさん……」

着物の前をはだけた情けない格好で出てきた夫を見て、おかねもおすまも、思わず呼びかけた。

板の間かせぎの一件から、抜け荷がバレて覚蔵一味は捕まった。ところが鶴蔵も亀吉も一緒に捕まったのである。抜け荷商いをしていた大罪人捕縛に一役買ったとして、本来なら褒美を貰えるところだが、自分たちの盗みも明るみに出、無罪放免とはいかなかったのである。

ただし、軽い吟味を受けただけで、だるま屋をはじめ、多くの引受人もいることから、三十敲《たた》きという軽い刑で許された。

本来こういった板の間かせぎなどは、私刑といって、被害にあった風呂屋の者たちが直接刑を与えるのである。

たとえば捕まえた泥棒を五尺ほどの棒に後ろ手にくくりつけ、顔半分に鍋釜の墨をなすりつけて追放し、笑い物にするなどの刑である。

鶴蔵亀吉の場合は、湯屋の新五郎も罪を許してやってほしいと嘆願書を出したほどで、与力などは無罪放免にしてやったらどうかと悩んだらしいが、結局軽い敲きと決まったようだ。

長吉からその知らせを聞いた伊織は、長吉の手蔓《てづる》を通じて、二人に伝言したのである。

これまでの不運を叩き出して貰うよい機会だ。これで新しく歩み出せると——。

二人が鍵役人からこの伝言を聞いて、感涙したのはいうまでもない。

「今から敲きをはじめる」

静かな石畳に、役人の声が響いた。

鶴蔵と亀吉は、着ていた着物を腰のあたりまで脱がされて、裸同然の姿でうつぶせに莚の上に寝かされて、その上、小者たちによって身動き出来ないようにおさえつけられた。

手を合わせて祈る二人の女房の前で、敲きの一度目の音がした。

「ううっ」

「ああっ」

鶴蔵と亀吉が痛みに身をくねらせた。それとともに数え役が、

「ひとおつ、ふたあつ……」

と数えていく。

痛みに耐えられないような声を上げていた二人の視線が、伊織と合った。

その時である。

「ううっ」

「ああっ」

悲鳴は悲鳴でも声の質が変わった。うめき声に喜びがあふれているように聞こ

えてきた。

「なな一つ、やっつ……」

やがて数え役の役人の声に合わせて、二人の口から唄とも念仏とも知れない言葉が発せられているのがわかった。

敲き棒が振り下ろされる寸前に、二人は「やーく」と発し、短い苦痛の悲鳴の後に、「おーとし」と続けている。

「厄落とし」と言っているのに違いなかった。

しかも、喜々とした目をそれぞれの女房に向けるのである。

「やーく……ううっ……おーとし」

「やーく……ああっ……おーとし」

「伊織の旦那、うちの人が笑っています」

おかねが嬉しそうに言った。

「うちの人も……あんなに頼もしい顔を見たのは久し振りです」

おすまも膨れてきた腹を撫でながら伊織に言った。

「伊織様……」

ずっと黙って見守っていたお藤が、伊織の後ろから袖を引いた。

お藤の顔にも、ほっとしたような笑みが浮かんでいた。
——これでいい、これで二人は立ち直れる……。
伊織は、喜々として悲鳴を上げる二人の姿をじっと見守っていた。

第三話　暖《ぬくめ》鳥《どり》

一

視界の先に薄くかかっているのは霧だった。

空を覆った厚い雲から身を乗り出すようにして覗いている月が、薄闇の中を静かに動いていく霧をとらえていた。

今朝降った雪がまだ路上にうっすらと残っていて、冷気は急ぐ伊織の肌を刺した。

——遅くなった……。

伊織は、忙しく裾を捌《さば》いて江戸川に架かる立慶橋《りゅうけいばし》を渡った。橋の西側に広がる武家屋敷に友人がいて、そこを訪ねての帰りだった。

左手に広大な水戸の下屋敷の塀を望みながら急いでいると、突然笛の音が聞こえてきた。

歩をゆるめてそちらに顔を回すと、大通りから南に向かって伸びている新道に人の影が見えた。

着流しに大小の太刀を帯び、網代笠《あじろ》を深く被った男だった。笛を持つ伸びた背筋が印象的である。

男はとある屋敷に向かって笛を吹いていた。

伊織に曲の名はわからなかったが、音色は切なく、心の奥の激情をかき立てられるような感じがした。

伊織はふと立ち止まった。

男が立っていた近くの門のくぐり戸が開いて、するりと頭巾をした女が出て来るのを見たからである。

笛の音が止む。その男の懐に飛び込むように女が走り寄った。

男は女の肩を抱きとると、急いでその場所を離れていく。

――ややっ。

道行きかと驚いて二人の背を見送っていると、先ほど女が出てきたくぐり戸が乱暴に開いて、槍を持った痩せた男が飛び出してきた。

かった。

「待て！」

槍の男の声が響いた。初老の男の声だった。怒りに震えているのが伊織にもわかった。

これから目の前でいかなる光景が広がるのか、伊織は一瞬のうちにその修羅場を想像して動けなくなった。

初老の男の声に振り返った笛の男は、女を背に回して刀を抜いた。

「ああ……お止め下さいませ。お許し下さいませ」

女が二人の間に走り出ると、笛の男を庇うようにして立ち、初老の男に叫んでいた。

「売女《ばいた》め、退《ど》け！」

初老の男は、声をあららげて女を睨めつけた。

「旦那様、この方を斬るならわたくしを先に斬って下さい！」

女は必死の声を上げる。

「おのれ……姦夫《かんぷ》を庇うとは、どこまでわしを侮辱するか。お前に言っておく。この男は例幣使《れいへいし》をつとめた、さるお公家《くげ》に縁のある者だということだが、そんな話をまともにするとは、騙されていることがわからぬか、この、おろかもの！」

初老の男は、手にある槍をぶんと回すと、石突で女の肩を打擲《ちょうちゃく》して倒した。さらに振り回して、笛の男の顔面を突いた。

「やっ」

笛の男は、後ろに飛び退きながらこれを躱したが、被っていた網代笠が無残に割れ、男の顔が見えた。

色白の顔をした男だった。三十半ばかと思われたが、口辺に冷たい笑みを浮かべていた。

「ご老体、容赦はせぬぞ」

腰を落として、初老の男をにらみ据える。

「やっ」

老人は一撃二撃、笛の男の胸板を左右に突くが、躱された。だが次の一撃は大きく踏み込んで笛の男の右足甲を力一杯突いた。

しかし、その一撃も一寸を残して躱されたのか、笛の男は抜いた刀で地面を突いた槍の柄を払うようにしてまっぷたつに斬った。

槍の穂と一尺ばかりの柄が地上に突き刺さって残った。

残った柄をつかんだまま、はっとして身を引いた老人に、

「死ね！」

笛の男が老人めがけて飛び上がった。

「待て……」

伊織の声が老人の前に飛び込んだ。同時に金属の打ち合う音がして、笛の男は跳ね返された太刀を手に荒い息を吐いて立っていた。

「何があったか知らぬが、もう止せ」

伊織は笛の男に立ちはだかった。

ふっ……と笛の男はうすら笑いを浮かべると、

「おぬしも見ていたろう。先に手を出したのは、あっちだ」

伊織の後ろで荒い息を吐きながら自分を睨んでいる初老の男を顎で差した。そして、そのまますするすると後退すると、二間ほど距離を置いたところで、くるりと踵を返して路地の向こうに足早に去った。

わっと女が泣き崩れた。

伊織が初老の男を振り返ると、男は静かに頭を垂れ、

「どなたか存ぜぬが、かたじけない。わしは戸田平左衛門《とだへいざえもん》と申す。なにとぞこの一件、ご内聞に願いたい」

伊織の顔を見返した。

年輪を刻んだ顔が、苦悩で歪んでいた。

伊織は黙って頷いた。

泣いている女と戸田平左衛門を残して、伊織は引き返した。

状況からおおよその見当はついている。

戸田平左衛門は若い女を妻か妾に持ったようだが、その女が外の男に恋慕して欠け落ちでもしようというところだったに違いない。

それを察した戸田が、男に一撃を加えようとしたのである。

――哀れな……。

伊織がそう感じたのは、恋慕した男と引き裂かれた女の方ではなく、裏切られた夫の方だった。

戸田平左衛門と言葉を交わすのさえ痛々しく思った。

名も告げず、黙って一刻も早くその場所から立ち去ってやることこそ武士の情け、伊織は背後に息の詰まるような気配を感じつつそう思った。

「いやいや、これはありがとうございます。甘酒を頂けるとは、お藤おじょうさん、すみません」

廻り足袋《たび》屋の宇市《ういち》は、文規《もんぎ》を箱の中におさめると、手早く大風呂敷で箱を包んで、甘酒を運んできたお藤に、丁寧に頭をさげた。

文規とは足袋の寸法を計る定規のことである。

宇市は店を持たない廻り足袋屋で、足袋を新調することも出来るし、痛んだ足袋の補修もしてくれる重宝な足袋職人だった。

宇市の足袋は履き心地がいい。江戸で随一といわれる日本橋の足袋屋の足袋より出来がよかった。

足袋にする木綿の生地の選び方、型どり縫製も良く、足にぴたっと馴染んで歩き易かった。

だから、お藤は普段に履く足袋もよそいきの足袋も、全部この宇市の足袋を使用していた。

今日は、自分の白足袋二足と、叔父の吉蔵の白足袋一足と紺足袋一足、そして文七の紺足袋一足、合計五足を頼んだところである。

「もう一人の分もお願いしたかったのですが」

お藤は残念そうに言った。

「はて、お藤おじょうさんのいい人ですかな」

宇市は笑った。歯が白くて清潔な感じのする男である。

「そんなんじゃありません。うちの仕事を手伝って頂いておりますから、それで……嫌な宇市さん」

お藤は宇市をきゅっと睨み、

「全部でおいくら？」

弾んだ声で聞いた。

「はい、白足袋が一足二百文、紺足袋は二百八十文頂きます」

「すると……全部で、一貫文と百六十文ですね」

「はい、仕上がったところでよろしいですよ」

宇市は遠慮勝ちに言った。

「そんな訳にはまいりません。あんなに念入りに、寸分の狂いもないような足袋をつくって下さるのに……」

お藤は金箱から小さな盆の上に金を載せて、

「でも、お公家さんは冬でも足袋を履かないなんて、京はこの江戸のように寒くはないのかしら」

宇市の前に盆を寄せた。

「寒いですよ。底冷えがするところですから、しんしん冷えます」

「それでも足袋、履かないんですね」

「らしいですね。私もこの話は奈良足袋をつくっている知り合いに聞いたのですが」

「奈良足袋……」

「ええ、お能の役者さんなどが履く足袋のことを奈良足袋といいますが、板の上で演じますからね、足がうんと冷える。それで白足袋の底の部分に薄く綿を敷いた足袋ができた。これが奈良足袋と呼ばれているのですが、その足袋を売っている男に友達がいるんです。その者が言っていたんですよ。禁裏はお廊下も板ですから、畳の廊下じゃありませんから、みな足にしもやけをつくっているらしいとね」

「まあ、おかわいそう」

「まったくです」

二人は閑散としただるま屋の店の中で、足袋談義に花を咲かせていた。

そこへ、

「親父さんはどこに行ったのだ。店も出していないとは珍しいな」

ひょっこりと顔を出したのは、伊織だった。

「まあ伊織様……」

お藤の顔に、ひときわ明るい色が浮かぶ。

「おじさまは文七とさるお屋敷に出かけたんです。まもなく帰って参ります」

「それなら良いが、風邪でもひいて休んでいるのかと思ったぞ」

「いいえ。風邪でもひけば少しは無茶もしなくなるのではと思っていますが、それが風邪ひとつひかないのです。外は風も埃もたいへんなのに……」

お藤は笑って、

「ああ、そうそう。伊織様、こちらにお座わり下さいませ」

店の上がり框《かまち》を手でとんとんと叩いた。

「こちらは足袋の誂《あつら》え修繕をしている宇市さんです」

お藤は、まず伊織に宇市を紹介し、宇市にも伊織を紹介して、

「伊織様も足袋を頼んで下さいませ」

楽しそうな顔で言った。

伊織の世話を焼けるのが、お藤はなにより嬉しいのである。

「いいよ俺は」

「駄目です、さっ」

お藤は言いだしたら後にはひかない。伊織は渋々上にあがって、上がり框に腰かけている宇市の前に足を投げ出した。

「拝見します」

宇市がT字型の物差しで伊織の寸法を取り始めた。その物腰をちらと見て、伊織は宇市が武家の出ではないかと思った。物腰にその片鱗を見たからである。

「そうそう、親父さんにこれを渡しておいてくれぬか」

伊織は、足を宇市に任せたままで、懐から折り畳んだ紙を出してお藤に渡した。

「あらっ、読売ではありませんか」

紙を開いたお藤は息を呑んだ。

その紙面には、髪を振り乱した苦悶の顔をした武家の女が、胸に刃を突き立てていて、その胸を血飛沫が染めている挿絵が生々しく描かれていた。そして挿絵の周囲には、細かい字でことの次第が記されているのだが、

「容赦のない書き方をするものだと思ってな」

瞠目《どうもく》しているお藤の横顔に伊織が言った。

「この記事のことですね」

「そうだ」

「妻を誘う魔笛、老夫の嫉妬が招いた妻の自害……」

お藤は題字を口に出したが、その後の記事は呟くように読んだ。

「お旗本戸田某《なにがし》の妻はな（二十四歳）は、笛の師匠との密会が露見し、夫に責め立てられて自害した。そもそもそこには老夫ゆえの嫉妬がかいまみえる。果たして笛の師匠は密夫《みっぷ》だったのかどうか疑わしい……」

お藤はそこまで読んで顔を上げ、

「伊織様、伊織様はこの戸田様のこと、ご存じなのですか？」

怪訝な目を向けた。

「うむ。俺は見たのだ。妻を誘いにきた笛の密夫をな」

「まあ……」

「その笛の男に戸田殿は斬られそうになった。俺が飛び込んでことなきを得たが、あの女房殿は、確かに笛の男と欠け落ちしようとしていたに違いないのだ。ただ、俺と別れたあとで何があったのか、この記事に載っているようなことがあったのかどうか、それは知らぬが、俺が見たところでは、戸田という御仁、ただ妄想に翻弄されてどうこうするという人間ではなさそうだった。第一、あの笛の男が女房の密夫だったのは間違いない」

苦々しい顔で言った。

宇市もこの時、手を止めて、興味深そうにじっとこの話を聞いていたが、次の伊織の一言で、寸法をひかえていた背が強張《こわば》るのがわかった。

「笛の男はな、青白い顔をした男だった。なんでも例幣使に縁のある男だということだったが……」

「お藤さん！」

宇市はお藤の手にあった読売を、ひったくるようにして取った。

食い入るように見つめたのち、呆然とした顔を上げた。

「伊織様と申されましたね。この笛の男の名をご存じですか」

宇市は尋ねた。その目は底しれぬ険しい光を放っていた。

「いや、聞いてはおらぬな」

「顔の相は？　……その男の人相ですが」

「色の白い男だったな」

「色の白い、笛を吹く男……まさか……まさか」

宇市は、文規を持って立ち上がった。

「宇市さん！」

「また参ります。今日はこれで失礼致します」

宇市は、そそくさと荷物をまとめると、急いでだるま屋から出て行った。

「どうかしたのか」

伊織は、宙を踏むような足取りで帰っていく宇市の後ろ姿を見ながら言った。

「伊織様。まさかとは思うのですが、宇市さんは親の敵《かたき》を探しているんです」

「何……それがこの読売に出てくる男と似ていた、そういうことなのか？」

「おそらく……いつだったか、父親の敵を討つために生きているんだとか、そんな話を聞きましたが」

「宇市の親は、何者だったのだ」

「足袋職人だったと聞いています」

「町人か」

「はい」

「何があったか知らぬが、町人の敵討ちなど認めては貰えぬぞ」

「ええ」

「武家とて、自分だけの恨みつらみで、やみくもに敵討ちが出来るというものではない。藩士ならば藩主の許可状がいる。他国で敵討ちを果たす場合は、その国の奉行所に届けねばならぬ。そういう手順を踏んだ上で実行出来るのだ。武家の場合は敵討ちがそのまま家の存続にかかわる問題だからな。否応なくやらねばならぬが、しかし、百姓町人の敵討ちはそういくまい。まず認められるとは思えぬ」

「人を殺《あや》めれば殺人の罪を問われる。敵を討った者もただではすまぬぞ」

「ええ、この読売の笛の主が、宇市さんと関わりなければよろしいのですが……」

お藤は眉を寄せて、伊織を見返していた。

二

伊織が、戸田平左衛門の屋敷の前に立つのはあれ以来であった。近くにだるま屋の用事があって、ふと立ち寄ってみたのである。

通りには誰もいなかった。閑散としていて、時折風が乾いた土ぼこりを運んできては、またどこかに連れ去って行く。

まるで何ごともなかったように、そこには冬の日のうら寂しい光景が広がっていた。

戸田家の門はぴたりと締まっていた。くぐり戸も閂《かんぬき》をきちんと差し込んでいるのか、取っ手を左右に引いてみたが、びくともしなかった。

——おとないを入れてまで会う間柄ではない……。

伊織の脳裏に、このこと他言してくれるなと言った、あの苦しげな初老の男の顔が過ぎった。

——わざわざ訪ねては、老人を傷つけるやもしれぬ。

くぐり戸の取っ手が動かなかったことで、伊織は軽率にも訪ねてきたことを後悔していた。

読売の中で戸田は、若い妻を持ったがゆえに嫉妬に狂った醜い老人のような書き方をされていた。

だが、伊織が見た戸田平左衛門という男は、けっしてそんな偏狭《へんきょう》な男には見えなかった。

なんとなく、戸田老人のあれからのことが伊織は気になったし、出入りの足袋屋宇市のことも放ってはおけない気がして、一度戸田老人に会ってみようと思っ

たのだが、

――しかし、止したほうがいいな。

伊織が思い直して引き返そうとした時、若党中間《ちゅうげん》を引き連れた戸田平左衛門が帰ってきた。平左衛門は裃《かみしも》をつけていた。

伊織は慌てて門から離れ、目を合わさぬように遣り過ごしたが、伊織の側を通り過ぎたと思った平左衛門の方が、はたと気づいて足を止めた。

「もし、お待ち下され」

伊織がその声にゆっくりと振り返ると、

「やはり、あの時の……」

平左衛門は驚きの声をあげた。

伊織は黙って頷いた。

すると平左衛門は、すぐに伊織を屋敷の中に招じ入れた。

通された書院の前には、霜で打たれたような冬の庭が広がっていた。平左衛門は着座すると、まず過日の礼を述べた。

伊織も名を告げた。

「秋月殿と申されますのか」

平左衛門は少し驚いたような声をあげ、敬意を込めた目で伊織を見つめていたが、

「まさか秋月殿は、御目付秋月様の……」

と伊織の顔色を窺った。

だがすぐに、困ったような顔をした伊織の心中を読んだのかどうか、

「いやいや、どこか面差しが似ていたものですから」

笑みを浮かべてから、話を変えた。

「秋月殿は、あの読売をお読みになったとみえる……それでこの屋敷に立ち寄って下された。そうですな」

「………」

伊織は、困惑した顔をした。

「いや、いいのだ。はいそうですとは言いにくい。当然だ」

平左衛門は小さく笑って、

「だが、わしは貴公に会えて良かったと思っている。なにしろ、あの夜の出来事は貴公をおいては誰も知らぬ。真実を知っているのは貴公だけだ。ところが、どこから聞きつけたのか読売にあることないこと書かれてしまった。若い妾《めかけ》が自害

したことだけは事実でござるが、このまま妙な噂が広まれば、わしの立場も危ういと思っておった。本日ようやく、上役からお構いなしとの言葉を頂き安堵して帰ってきたところでござる」

淡々と話した。

「命の恩人である貴公には、ことの次第を話しておかねばなるまい、そんな事を考えていたところでござった」

「………」

「あの夜、屋敷の中に引き上げてから大騒動になりましてな……ご存じのように、あれは、はなと申す妾でござったが、わしには子がおらぬゆえ、老いさらばえてしまうまでに、できればわが血をひいた子を欲しいと思いましてな、一昨年から側に置いていた女ですが、やはり無理があったようだ。わしの子を生んでくれれば、正妻に直すつもりだったのに、それも叶わぬままあの有様となった。つらつら考えると、まこと、あれにも可哀相なことをした」

平左衛門は、枯れ庭に目を遣った。

「秋月殿、わしは今でも、あれは、はなは、あの男に騙されていたのだと思っている」

「笛の師匠だったと、これは読売に書いてございましたが……」

「うむ」

伊織の問いに平左衛門は頷くと、笛の男と初めて会ったのは、浅草寺に参った帰りだったと告げた。

平左衛門がはなという妾と立ち寄った小料理屋で、男は隣の座敷の客に笛を吹いて聞かせていた。

女将に笛の主について尋ねると、あのお方はずいぶん前になるが、日野某という例幣使の一行として日光東照宮に参り、帰京せずにそのまま江戸に止まった篠《しの》田《だ》七《しち》之《の》助《すけ》という人物だと教えてくれた。

七之助は請われれば料亭で笛を披露し、あるいは出稽古もするという。

それを聞いたはながすっかり心を奪われたらしく、その後七之助は屋敷に出入りするようになった。はなが出稽古を頼んだのである。

だがまもなく平左衛門は、七之助が纏《まと》う、陰湿で危険なものを感じとっていた。

平左衛門のその勘は当たっていた。七之助とはなの間に親密な気配が醸成されているのを平左衛門は知ったのである。

「あの日は朝からはなの様子がおかしかった。わしは早々に自室に籠り、休んだふりをしていたところ、塀の外から笛の音が聞こえてきた。はなを誘い出している……わしはその時直感して飛び出したのだ……」

平左衛門は言い、伊織に頷いてみせた。

その後屋敷の外で何が起こったのか、それは伊織も承知している。

――篠田七之助……。

得体の知れぬ男だと、伊織は改めてあの夜の七之助の姿を思い起こしていた。


浜町堀に架かる千鳥橋《ちどりばし》の東側に橘町がある。橋際から一丁目、二丁目、三丁目と町は広がっているが、宇市が暮らしている長屋は一丁目にあった。

長屋といっても九尺二間の裏長屋ではなく、間口が二間、奥行きが二間半ほどある比較的広い部屋が木戸近くにあり、その軒下に足の型紙を模した看板がかかっていた。

それが宇市の家だった。

伊織はいったんだるま屋に帰ったのだが、すぐにお藤に宇市の住まいを聞いてやってきた。

路地には冬の夕べの、冷たい風が舞い上がっていた。

井戸端でせわしなく夜の飯の支度をする女房たちが、一斉にこちらを見たが、丁度よいところに鍋を持って出てきた宇市の家の隣の女に、宇市の家を確かめたところで、女房たちの関心は失せ、伊織から視線を外した。

伊織は、隣の女が鍋を抱えて井戸端に走ると、宇市の家におとないを入れた。

少し間があって、

「ああ、どうぞ」

聞き覚えのある宇市の声が返ってきた。

「ごめん」

伊織が中に入ると、宇市は足袋作りに精を出していた。

入ってすぐの部屋の、板の間三畳ほどが仕事場になっていた。

壁側につくった棚には生地が置かれ、縫い上がった足袋や股引《ももひ》きをしまう箪笥《たんす》があり、その前で宇市は台に向かって生地を裁断していたようだ。

「これは秋月様」

宇市は、びっくりした顔で迎えた。型紙を当てて裁断した足袋の布が一足分ずつ重ねられて、それとわかるように仕事場に並べられてある。

宇市は手を止めて立ち上がると、急いで伊織を畳の部屋に上がってくれと促した。

「そこでは寒うございます。熱い湯のいっぱいでも……」

宇市は伊織を、赤々と熾《お》きた炭が湯をたぎらせている長火鉢の前に導いた。

「こんなところまで恐れ入ります。まだ注文頂いた足袋全部は仕上がっておりませんが、三足ほどは出来上がっています。お持ち帰りになりますか」

宇市は鉄瓶から湯を汲んで伊織に差し出し、自分も湯呑みに入れて、両手で挟んで手を暖めながら、伊織の返事を窺った。

「いや、俺は足袋のことで立ち寄ったのではない」

「へい」

宇市は言い俯いた。宇市にも、伊織が足袋を取りに来たのではないことぐらいわかっていたのだろう。神妙に伊織の次の言葉を待っている様子である。

「他でもない。だるま屋のお藤にお前の抱えている事情を聞いた。敵を追っているそうだな」

「………」

「父親の敵だと聞いたのだが」

「………」

「まさか自身でその敵を討とうというわけではあるまいな。探して司直の手に渡すつもりか」

「いえ」

宇市はきっぱりと、伊織の言葉を遮った。そして、空《くう》を睨んで言った。

「私のこの手で、敵を討ちます」

「何……」

「悲願です。私の望みは他にはございません」

「自身の命を賭けてもか」

「はい」

宇市は顔を上げて、きっと伊織を見返した。

固い決意が見えた。止めても考えを変えるとは、伊織には思えなかった。

宇市は言った。

「ご心配をかけているのですね。申し訳ありません。お藤さんについぽろっと洩らしてしまいまして……」

「お藤はお前のことを案じているのだ」

「…………」

「むろん俺も心配している。話してくれぬか。お藤から聞いた以上放ってはおけぬ。読売に出た笛の男のことも気になっているのだ。お前が探している笛師かもしれぬとな。それでここに来たのだ」

「ありがとうございます」

宇市は、神妙に頭を下げると、

「今から十年前のことでございます」

宇市は小さいが、はっきりとした声で語り始めた。

三

「いや、長い話だったが、まあ、上がってくれ」

伊織は、お藤と一緒にひょっこり長屋にやってきた吉蔵を火鉢の側に勧め、慌てて せわしなく火箸を動かした。

燃え切った炭の灰が、赤く熾きた火の色を覆い隠していたからである。

「わたくしがやります」

お藤がすばやくその火箸を取り、炭を足した。

「おじさまも宇市さんのことが気になっていたらしくて、伊織様に一刻も早くお話を聞きたいなんて言うものですから……ですからね、たっぷりお肴もお皿に持って参りましたから、今お出しします」

お藤は火箸を灰につきさすと、すぐに台所に立った。

「お藤や、先にお酒をくれないか」

吉蔵は、酒を急がせる。

「おじさま、お話を聞きたくて寄せていただいたんでしょう。お記録をしながら結構飲んでるんですから、ほどほどにして下さい」

お藤はすぐにやりかえした。

吉蔵は、子供のように口をとんがらせてみせたが、すぐに真顔で伊織に向いた。

「聞かせて下さい、伊織様……」

「うむ。宇市の話によれば、十二年前に、宇市は上州高崎宿《たかさきしゅく》に父親と二人で移り住むことになったというのだが、その父親の話からせねばならぬ……」

伊織はそう言うと、宇市たちはそれ以前には、佐野植野村に住んでいたのだと言った。

植野村は父親の源助《げんすけ》の生まれた村で、源助は百姓の家で育っている。だが長じて、宇市の母親と暮らすようになった時には、源助は足袋職人をやっていた。源助はもともと植野村の者ではなかったからだ。

植野村にどこからともなく流れついた浪人夫婦が源助の両親だった。母は源助を生むとすぐに他界し、父親は村で寺小屋を開いて源助を育てていたらしいが、この父親も源助が十三歳の時に亡くなって、それで源助は村の名主の口利きで、かねてより望んでいた足袋職人に弟子入りしたのである。

やがて年季が明けて一本立ちしたところで妻をもらった。これが宇市の母だった。ところがこの宇市の母親も早死にした。

父の源助が母を早く亡くしたように、宇市も八歳で母無し子となってしまったのである。

そんな折、父親源助の足袋職の師匠で、八五郎《はちごろう》という人物が亡くなった。

その八五郎から、自分の跡をとるように頼まれた源助は、宇市を連れて高崎に移転したのであった。

そして父親の源助を死に追いやる事件が起きたのは、父が師匠の跡を継いだ翌年、宇市十四歳の春の終わりのことだった。

高崎は毎年東照宮の例祭に合わせて、京からやって来る例幣使が通過する宿場である。

　例幣使は全部で五十名ほどのものだが、朝廷から遣わされた勅使《ちょくし》である。金の幣《ぬさ》を納めた葵《あおい》の金紋付き黒革長持を、東照宮まで運ぶお役を担《にな》っていた。

　おおかた勅使は公卿が務めるが、輿《こし》に乗り、随員の駕籠に乗った者たちを従えて京を出発、草津に出て、そこから中山道を進み、高崎宿から倉賀野《くらがの》宿へ、そしてそこから日光例幣道と呼ばれる街道に入り、東照宮に至った。

　行程は京を出発してから十五日ほどのものだが、この時期になると、街道筋の住民は身を固くして一行が過ぎるのを待った。

　なにしろ、大大名でも道の端によって行列に先を譲らなければならぬほどの権威が、例幣使一行にはあった。

　宇治から毎年将軍家に運ばれる御茶壺道中も、同じように大大名は先を譲らねばならなかったが、例幣使は使いが朝廷からという事で、何か不都合があった時には、御茶壺道中以上にやっかいなことになると神経を使った。

　そんな世間の畏《おそ》れをいいことに、例幣使一行のなかには、この機会に懐に入れられるものがあればかき集めたい、そんな邪心を抱く者が多かった。その者たちは道中筋でなにかといいんねんをつけ、苦情を言い、あるいは強請《ゆす》って金品を要求した。

一行が通るとなると、宿場や沿道の家々は戸を閉めて中に引っ込み、万が一行列に遭遇したならば土下座して見送らねばならなかった。

特に倉賀野宿から例幣使街道に入ると、例幣使一行の横暴は目を覆うばかりであった。

なにしろ例幣使が多額の金子を得られる機会は、この道中と、それともう一つ、例祭が終わったあとに諸大名に金幣を送りつけて、有無をいわさず金を出させるときであった。

つまり前年納めた金幣は、こまかく切られて、その切れ端を大名に送りつけるのである。これを有り難い印《しるし》として、相応の金額を半ば強制的に出させるのである。

天下におそれられたそのような行列に、十四歳になったばかりの宇市とその父親が関わりをもつことになったのは、十年前のことだった。

それは、例幣使が腹を下して高崎宿の立て場茶屋で急遽休憩することになったのが始まりである。

この日の宿泊は日光例幣使街道に入って二つ目の宿玉村《たまむら》と決まっていた。高崎宿で長時間休んでいるわけにはいかなかった。

そこで、随行している医者も困り果て、高崎宿の医者も呼ばれて薬が投与されたのだが、この日は春の終わりとはいえ異常に寒かった。

腰の冷え、足の冷えはよくないということで、急いで足袋師源助が一行の前に呼ばれたのである。

源助は、それまで縫製していた足袋の底に綿を入れ、奈良足袋のように仕立てて例幣使に差し出したのであった。

すると、その時足袋を受け取った男が、あと二足を玉村の宿まで明朝届けるように源助に言いつけた。

源助は一行が休憩している宿から戻って来ると、すぐに足袋の縫製にとりかかった。

なにしろ相手は公卿様である。足袋を縫い終わったあとも、針が残っていないか、肌触りに遺漏《いろう》はないか、足袋をそっと撫でて点検した。

縫製が終わったのが夜中の八ツ（午前二時）、源助は一睡もせずに家を出た。

源助はこの時、脚気《かっけ》にかかっていた。宇市は父の体を心配して同行した。

「宇市、例幣使様はおそろしいが、おとっつぁんの仕事が認められれば、足袋源《たびげん》の名は御府内まで届くだろうよ。そうしたら江戸の町に店を持ち、のんきに暮らせる」

源助は道中、そんな夢を宇市に語り、

「お前に話したと思うが、ご先祖は武士だったのだ。今この身は町人といえども、その心根は忘れてはならぬ」

宇市に念を押した。

二人が玉村宿に泊まっていた一行に目通りを願ったのは、白々と夜が明けてきた頃だった。

まもなく源助が宇市とともに、宿の小さな部屋に通されて、畏《かしこ》まって待っているると、色の白い、背の高い、目が細く目尻がつり上がった、唇の薄い神経質そうな男が入ってきた。

源助が深く頭を下げて足袋を差し出すと、男は無言でその足袋を掌で押さえて確かめていたが、

「ふん……」

足袋を持って立ち上がり、

「引き取ってよろし」

傲慢な態度で見下ろした。

「恐れいります。代金は三足で、綿を入れてありますので、九百文頂きたく存じます」

行きかけようとした色の白い男に、源助は言った。

「何と……」

男の顔色が突然変わった。

「何とも不細工な品だが貰ってやろうと言っているのだ。それを、代金を払えとは……」

睨み据え、男は更に激昂して言った。

「そこに直れ。許せぬ」

今にも刀を抜きそうな気配になった。

「おとっつぁん」

宇市は恐ろしくなって源助の腕をつかんだ。

源助はその手をぎゅっと握ると、背筋を伸ばして、きっぱりと言う。

「それでは御一行の名が泣きませんか。たかだか足袋三足の代金が払えないとは」

「払えない……黙れ黙れ、その言葉、誰に向かって言っているのだ。われらは例幣使一行だというのを忘れたか」

男は部屋の障子戸を乱暴に開けると土間におりた。そこは広い台所になっていて、例幣使の食事の支度をするところだった。

男はあろうことか、竈《かまど》の前に積んである薪一本をひっつかんで戻って来ると、いきなり源助の後頭部を殴打した。

「ぎゃ……」

源助はそこに倒れた。頭から血が流れていた。

「おとっつぁん！」

宇市は父親に走り寄った。

「だ、だいじょうぶだ！」

だが、源助はすぐに体を起こして、見下ろしている男を射抜くような目で見返した。

「ふん、身の程知らずめ」

男は薪をそこに放り投げると、平然として去っていった。

宿の者が走りよってきた。

源助を労ってくれるのかと思ったが、そうではなかった。例幣使様御一行に無礼をするからだと、源助に苦情を言ったのである。源助の味方などすれば、後で大変なことになると宿の者たちは思ったらしい。

源助は宇市を連れて、すごすごと玉村宿から引き上げてきた。

ところが、倉賀野に向かう道中で、源助は突然昏倒してしまった。いや、そればかりか気を失い、そのまま亡くなってしまったのである。

父の死を受け止められない宇市は、一行が出立した後の玉村宿に引き返し、宿場の医師に父の死因を診てもらった。

「死に至ったのは、この頭の傷が原因ですな。間違いない」

医者は気の毒そうな顔をして宇市に告げた。

遺体を運ぶための大八車を手配してくれた玉村宿の宿場役人が、父の源助を薪で一撃したあの男は例幣使一行にいた笛の名手だと教えてくれたのである。

「伊織様……」

そこまで順を追って話し終え、酒で喉を潤していた伊織に、吉蔵が声をかけた。

「宇市さんはその時から、父の敵を探していると……そういうことですか」

「いや、父親が死んだのが十四歳ですから、足袋職人になるといっても、いまひとつ修業がいる。そこで世話をしてくれる人がいて、才次郎《さいじろう》という人の養子になったようだ。現在の養父です。この才次郎という人の遠い先祖も武士だったというのだが、百姓をしながら念流という剣術ができたらしく、宇市も手解《てほど》きを受けて長じた。長じるうちにふつふつと父を殺された恨みが沸いてきたということらしい」

「しかし伊織様。もと武士といっても今は百姓、どこかの家臣ではございません。敵討ちは認められないでしょう」

「うむ」

「しかも、養父から教えを受けたとはいえ、にわか剣術……」

「確かに心許《こころもと》ない……しかし宇市は養父に剣術を習ったことで、徐々に敵討ちへの熱意を燃やしていったということだった。噂で日光例幣使一行にいた、笛の男が江戸にいるらしいと聞き、この御府内に住むようになったのも、腕に自身がついたからだとな」

「伊織様、それが戸田様のお屋敷の前で笛を吹いていた人なんですね」

お藤が心配そうな顔をして聞いた。

「おそらくな……」

「宇市さんを救ってあげる事はできないのでしょうか。あんなに真面目で懸命に働く人が、そんなに深い苦しみを背負っていたなんて……ねえ、おじさま」

「しかし、手助けをして敵を討てば死罪になるかもしれませんな。かといって返り討ちになるのを見るのも辛い話だが……。伊織様、宇市さんは、戸田様のお屋敷の前で笛を吹いていた男が篠田七之助という名の男だと知っているのでしょうか」

「さあ、俺も伝えてよいものかどうか迷っている。篠田が宇市の父親殺しの人物だったということになると、篠田の名を知らせることで敵討ちを助長させることになる」

「はい。おっしゃる通りでございます。とは申しましても、どうあっても敵を討つというのならば、誰がどう言おうと止められるものではありません。いかがでしょうか。宇市の生きざま、見届けてやっては頂けませんでしょうか」

「わかった。そうしよう」

伊織は頷いたが、薄雲が胸を覆っていくような、息苦しい気分になっていた。

四

「伊織様、こちらでございます」

長吉は、ひとかたまりになっている人垣の間から、伊織の姿を見て手を振った。

あたりは常緑樹の比較的多い場所で、その中にところどころに見える灌木《かんぼく》には、まだ色づいた葉がしがみついていた。

下草や枯れ草には霜がおり、林の中の独特の香りがあたりに漂っている。

上野山内でもこのあたりは、お花畑と呼ばれている所が道路を隔てた場所にあり、往来を行く人のざわめきがよく聞こえてくる。

そんな所に、女の死体が転がっていると長吉から連絡を受けた伊織は、急いでやってきたのである。

事件の場所には、とにかく駆けつける。それが見届け人の仕事のひとつでもあった。

「今お奉行所に使いをやったんですがね」

長吉は言いながら、伊織を促すように女の遺体の側にしゃがんだ。

女は首を締められて殺されたようである。首に手を巻きつけて締め殺した痕が残っていた。

髪は乱れ、広げた両足の間から、緋色の長襦袢《ながじゆばん》が覗いている。

化粧も濃い。はだけた胸に無数の紫色になった跡が見えた。

「女郎か……」

「そのようですが、この人は一年前に神隠しに遭ったと大騒ぎになった京橋の半《はん》襟屋《えりや》『大和屋《やまとや》』の御新造ではないかと思っているのですが」

「何……知っているのか、この女を」

伊織は、もう一度まじまじと見る。

まだ艶のある肌をした女で、ぽってりとした唇がなまめかしい。

「へい、一度ちらと見たことがありやす……実はこちらのご隠居とは、あっしが十手を返す以前からの親しい間柄で、当時ひょっこり大和屋の前で大旦那に会いやしてね。妙な事件があったという事を知らされたのです。それが若旦那の御内儀のことでした。家族で木挽町の小料理屋『松の実』に食事に行きました折に、厠《かわや》に行くと席をたった御新造が、そのままどこかに消えてしまったとか言いましてね」

「まだ三十にはなっていないな」

「はい。大和屋の御新造ならまだ二十四、五の筈ですぜ。蜂谷の旦那に使いをやりました時に、大和屋にも走って貰いましたから、来ればはっきり致しやすが」

長吉が苦い顔をして立った時、

「すみません。通して下さい」

あたふたして人垣の中に飛び込んで来た男がいる。男は羽織と小袖が揃いの着物を着た商家の旦那だった。

「大和屋の若旦那」

長吉が声をかけると、

「親分さん、これは……これはいったい」

動転して女の前に膝をつき、

「おあさ！」

女の顔を見て、絶叫した。

「いったいどうしたというのだ、おあさ……何があったのだ……おあさ、おいおあさ……」

大和屋の若旦那は、女の胸をつかんで揺すりながら声を上げた。

「若旦那、やっぱり御新造さんでしたか」

長吉が若旦那の側にうずくまって、若旦那の肩を慰めるように叩いた。

「長吉親分。私たちはずっとおあさを探していたのでございますよ。それがこんな身なりで……しかも殺されるなんて、どうしたことでございましょうか」

「あっしも十手を返しちまって、力になれなくてすまなかった」

「私はね、長吉親分。ずっと原因がわからずに苦しんでまいりました。どうして私の前からおあさはいなくなったのか……おあさの中で何が起きていたのか……いくら考えてもわかりませんでした。諦めきれない私は、なんども松の実に通いまして、いろいろと聞いてみました。そしたら、仲居の一人がおあさが廊下を歩いているのを見ていたのです。おあさはその時、何かに引き寄せられるように歩いていたと言います。仲居はおあさと擦れ違って行きかけたとき、ふっと表で誰かが笛を吹いているのを聞いたと言っていたのです……」

「何……」

長吉は驚いて、伊織をちらと振り仰ぎ、その顔を大和屋の若旦那に戻すと、

「若旦那、若旦那の知り合いに、笛を吹く人がいるんじゃないかね」

「いいえ、あの、やはり、笛が何か関係しているのでしょうか」

若旦那は不安な表情を見せる。

「いや、ちょっと気になっている事がありやしてね。まさかとは思ったのだが、大和屋に、笛の師匠が出入りしていたなどということはありませんか」

「えっ」

若旦那は突然、はっとして長吉を見た。

「うちには出入りしておりませんが、おあさは時々、友達と木挽町の芝居を観に行っておりまして、その時囃方《はやしかた》のなんとかいう人の笛がどうとか、そんなことを言っておりました」

「…………」

「そういえば、その笛の音の話をする時には、夢を見るような顔をして話しておりました。私はてっきり、その日観た芝居が面白くて……それくらいにしか思っていなかったのですが、笛がどうかしたのですか」

怪訝な顔を向けた。

「その笛の主の名は？」

それまで黙って聞いていた伊織が口を開いた。

「いえ、名前までは知りません」

若旦那はいったん首を振って否定したが、

「まさかあの、先日読売で、どこぞやの御旗本の御内儀が、魔の笛に引き寄せられるようにして不義を働き、夫が嫉妬して責めたものだから、あげく妻は自害して果てたと……そんな事件が書かれておりましたが、ひょっとしてその同じ男がおあさを……」

若旦那は顔を曇らせた。

「ない話ではないな。いや、十手は返しておりやすが、あっしも調べてみますよ若旦那」

「ありがとうございます。よろしくお願い致します」

若旦那は悲嘆に暮れた顔で頭を下げた。

その時であった。

「どけどけ、皆引上げるんだ。これから検視がはじまる。じゃまだ」

小者が肩を怒らせて、取り巻いていた野次馬をおっぱらった。

「長吉……これは秋月様も」

小者の後ろから、北町同心蜂谷鉄三郎が入ってきた。

「旦那、かんべんして下さいましな。さんざん北町のお役人に、なんだかんだと聞かれてさ、それが今朝のことでござんしょう……そしたらまた、これから忙しくなるって時刻に旦那方にやってこられちゃあね。こまっちまいますよ」

女将は、露骨に嫌な顔をして、路地の景色に目をやった。

夕暮れ時の薄墨色を背景にして、路地には赤い提灯が軒ごとにぶらさがっていて、その灯が女を求めにやってきた男たちの姿を映し出していた。

これからの時間が、かき入れどきだった。

そう……伊織と長吉が立っているのは、谷中の感応寺《かんのうじ》門前にある『いろは茶屋』と呼ばれている岡場所だった。

およそ四十軒ほどがひしめきあっていて、その一軒一軒にどれほどの女郎がいるのか町方でさえ把握出来てはいない。

特にここの女郎は総伏玉《そうふせだま》で、いわば店に繋いでいるようなものだから、実態はいっそうつかみにくい。

だが、先日殺されていた半襟屋『大和屋』の若女房のおあさは、いま伊織と長吉が立っている『若松屋《わかまつや》』で働いていたことがわかったのである。

長吉がかつて十手を預かっていた蜂谷の旦那から聞いてきたのであった。

女将の口振りでは、蜂谷は既に女将に事情を聞いて帰ったようだ。

「すまぬな。俺たちも急いでいるのだ」

伊織はすかさず財布を探って、一分金を女将の手に握らせた。

女将の手は、ぽってりとしていた。一分金を握り締めた手が、軒に吊されているる赤い提灯の灯に照らされて妙になまめかしい。

「おやまあ、すみませんね旦那、じゃ、中にお入り下さいましな」

女将は態度を一変させて、二人を店の中にあげた。厚い腰を振りながら、帳場の奥の、女将が控えている部屋に導いた。

「すみませんね。人手が足りなくてお茶もさしあげられませんが、で、何でしょう？　……何を聞きたいのでしょうか」

長火鉢の前に座ると、伊織の顔を、そして長吉の顔を見た。

「おあさはここでいつから働いていたのだ？」

「ああ、おあさちゃんのこと……おあさちゃんはもみじという名前で、今年の春からでしたね。ご浪人が連れてきたんですよ」

「浪人が……」

「ええ、色の白い、背の高い」

伊織と長吉は顔を見合わせた。

「まだまだ働いてもらわなくっちゃ、こっちは大損だったんですよ。でも、大和屋さんの御新造さんだったなんて、驚きましたねえ」

「本人は何もそんな話はしなかったのか」

「口数の少ないひとでしたからね。でも、騙されたとかなんとか、そんなことを口にすることはありましたね」

「誰に騙されたと言っていた？　おあさを連れてきたのは浪人だといったな」

「それがさ、本当かどうか、泣く子も黙る例幣使さまの御家来だったとかなんとか」

「笛を吹く男とは言わなかったか」

「笛？　そうそう笛の名人だとも言っていましたよ」

「何……して、名は？」

「ちょっと待って下さいな」

女将は箪笥の中から書きつけの束を取り出して、

「これこれ……」

そこを開いて、伊織の前に突き出した。

「身請け証文だな……」

伊織は文言の最後に記されている肩書きと人主《ひとぬし》の名を見て、一瞬息を止めた。

夫篠田七之助とあったのだ。

「ご亭主だなんて、その時は言っていたんですがね。どうやら違ったようですね」

女将の口調にはおあさへの労《いたわ》りが窺えた。

七之助は、おあさを三年の年季で、十五両という金を女将から受け取っていた。

「まったくね、殺されたんじゃあこちらも詐欺にあったようなものですよ。本来なら損害を被った分はご亭主に返金して貰わなくちゃならないのに、行き方知れずで」

「ちょっと待って下さい。それじゃあ、なんですかい……死体が見つかった上野の山内に誘ったのは誰なんです？　おそらく不忍池あたりにでも行って災難にあったとみるべきでしょうが、こちらの店では、客と外に出すことはあるんですかい」

長吉が、女将の顔をひたと見た。

「そりゃあ、条件によっては、外に出すことだってありますよ。ここは吉原じゃありませんからね。そういう融通をきかすこともお客の評判になりますからね。ただし半日で金二分、通しで一両は別途で頂いております。でも、こんどの場合は、そうじゃなかった」

「と、言いますと……」

「おあさちゃんに使いの者が手紙を持って来たって女中が言うんです。十二、三歳の、どこかの小僧のような子だったと聞いていますが……おあさはその手紙を見てすぐに、ちょっとそこまで出てきます、夕方までには帰りますからって、なんでもおっかさんが近くまで来ているとかなんとか言ったものですからね。こっちは疑いもせずに出したんですよ。今まであの子はずっと真面目に務めてきましたからね、こっちも信用していたんです。そしたら帰ってこないじゃありませんか。いらいらして待っていたら、殺されてたっていうんだもの……」

女将は、深いためいきをついた。

「そうか、女将もたいへんだったな」

伊織は慰めるように言った。

「はい……旦那にそんな風に言われると……ねえ、旦那、いつでも来て下さいな」

艶っぽい目を伊織に送る。

「うむ。女将、篠田のことで何かわかったら教えてくれ」

伊織は如才なく女将に約束をとりつけると、すっかり暮れてしまった茶屋の外の路地に出た。

五

口角泡を飛ばすという言葉があるが、伊織がらくらく亭の暖簾をくぐった時、土屋弦之助はまさにその言葉がぴったりするような興奮ぶりで、盆をもったまま立っている長吉の女房おときに弁舌をふるっていた。

夕刻から霙《みぞれ》が降り始めてか、客はまばらだった。

おときもそれで仕方なくつきあっていたようで、伊織が入って行くと、

「いらっしゃいませ。亭主ももうすぐ帰ってくると存じます。上に上がりますか」

二階を差した。

「いや、ここでいい」

「わかりました。すぐにお酒、お持ちしますね」

にこりと笑って帳場に消えた。

「いったいどうしたというのだ」

伊織はほほ笑みながら、弦之助の差し向かいに座った。

「どうもこうもないよ。人殺しどもと一緒にされて酷い目にあった」

「何、どういう話だ？」

「まあ、聞いてくれ。池の端で酒を飲んでいたら、荷物を運ぶ用心棒を受けてくれないかと言われてな。それでいつの話だと聞いたら、今すぐだと言う。人には見られたくない物を運ぶのだが、側についてくれるだけでいい。手当ては一両だとな。しかも今夜一晩のことだという。そういうことなら吉蔵の親父さんに迷惑かけることもないだろうと受けたわけだ」

にがにがしい顔で、ぐいと盃を傾けると、

「伊織、お前は湯島の切通しに根生院《こんしょういん》という寺があるのを知っているか」

と聞く。

「あるのは知っている。中に入ったことはないな」

「広いぞ、二千坪ちかくあるそうだが、山城国《やましろのくに》宇治郡の報恩院《ほうおんいん》の末寺で、江戸の真言宗《しんごんしゅう》四ヵ寺のひとつだ」

「ほう、由緒ある寺だということだな」

「まあそうだ。当主は中山道浦和の玉蔵院《ぎょくぞういん》から来た僧だが、この弟子に覚真《かくしん》という愛弟子がいる。住持《じゅうじ》のお気に入りで、寺の金銭と事務万端をこの男に任せたのはよかったが、寺の金をかってに使って、もと女浄瑠璃《じょうるり》だった娘に入れ上げ、池の端に店までやらせていた」

「なんだ、なんだ……生臭坊主《なまぐさ》じゃないか」

「生臭も生臭、ひどいもんだ。悪いことはできぬもので、昔寺を追放された法覚《ほうかく》という男がこれを嗅ぎつけ、寺を脅していたらしい。金品を、なんども要求してな。そこで頭にきた覚真が、法覚を呼び寄せて仲間と殴る蹴るの暴行を加え、息が絶えて動かなくなったところで、どこかに捨てにいかねばという話にとなったわけだ」

「わかった、その死体を運ぶ時の用心棒を頼まれたのだな」

「そういうことだ。むろん俺は死体の話はあとで知った」

「ったく……」

伊織は、くすりと笑った。

「おい、笑いごとではないぞ。奴等は莚に包んだ法覚の死体を、大川に捨てようと考えたのだ。道中、どうもおかしいと思ってな。いやその時は、そんな事情も知らないわけだ。その荷物が死体だということは知らなかったが、人の目を避け、こそこそしている感じで、これは何かあると思ってな。道中で腹痛を理由に俺はその仕事を降りたんだ。そしたら翌日になって、その遺体が板倉伊勢守《いたくらいせのかみ》の塀際で見つかった。どうやら奴らは、そのあたりで火事に出くわしたようなのだ。前方に火事を見てあたふたし、それで人の屋敷に遺骸を捨てて逃げたらしい。俺のところにも岡っ引が来てたいへんだった」

「しかし、よくその荷物が、根生院の僧たちが運んでいたものだとわかったな」

「悪いことは出来んよ。寺の門前に住む者たちが見ていたらしいのだ。寺はむしろ関係ないと否定した。ところがだ。死体を運んでいた青竹が、根生院内の竹藪にあった一本とわかった。切り倒された竹の切り口と、死体を運んでいた竹の切り口がぴたりと合ったというわけだ。どうしようもないよ、あの坊主たちは……」

「まったく……」

伊織は笑わずにはいられなかった。

「笑いごとではないぞ。俺はお前と違って女房子供がいる。仕事の選り好みはせぬ」

「いや、悪い悪い。お前らしいと思ってな」

と言っているところに、長吉が帰って来た。

「遅くなりました」

「どうだ、何かわかったか」

伊織は、側に腰かけた長吉に聞いた。

「へい。伊織様のおっしゃる通り、他にも笛に誘われて行き方知れずになった女《おな》子《ご》がいなかったか、両町奉行所を回って、伝《つて》を頼って調べてもらいました。すると、浅草寺《せんそうじ》門前町《もんぜんちょう》に一人……」

「いたのか」

「へい。浅草寺門前の数珠屋《じゅずや》の一人娘です。名はおみつ……」

「ふむ……」

「許婚《いいなずけ》がおりやして、まもなく祝言というところだったということですが、突然好きな男が出来たとか言い出しましてね。父親が聞き出しましたところ、相手は浪人だという。とんでもないと親父さんは反対した。するとある夜、表で笛の音が聞こえてきた。気がついたら娘がいなくなっていたというんです」

「いつのことだ」

「一年半も前のことです」

「ふむ……すると、そのおみつも、おあさと同じように岡場所に売られているかもしれぬな」

「あっしもそう思います。明日から当たってみます」

「よし、俺も手伝うぞ。一人より二人の方がいい」

弦之助が言った。

「俺も親父さんから話は聞いていたが、女を食い物にしている男がもしあの宇市の敵なら、宇市がいらぬ罪をかぶる前に、奴を司直の手に渡したほうがいい」

「うむ」

「そうと決まったら体を暖めるか。明日は雪になるかもしれぬぞ」

弦之助は、ちらと外を差した。

翌朝、弦之助が言う通り、御府内は雪に覆われていた。

ただし、うっすらと地表を隠す程度の降り具合で、陽が昇れば路上はあっという間に溶けていくかと思われた。

伊織が長屋を出て、宇市が住む浜町堀通りの橋町に着いた頃には、早朝奉公先に向かった人たちが踏み締めた大路の雪は、溶けて黒い土を見せ始めていた。

——この天気だ。

宇市は家の中で足袋づくりをして過ごしているに違いないと思ったが、昼頃には商売道具を背負って家を出てきた。

伊織は、気づかれないように後を尾けた。

得意先回りをするのかと思ったが、そうではなく、宇市はあの戸田平左衛門の屋敷の前にしばらく立ち思案していたが、踵を返すと、上野谷中の岡場所にある若松屋に入って行った。

若松屋を出ると、今度は神田川沿いに出て、新し橋北袂に細長く広がる久右衛門《きゆうえ》町《もんちょう》の茶漬屋の前に立った。

行灯看板に『奈良茶漬　おふさ』とある。

戸は閉まっていたが、店の中の客の声や、注文をとる女の声は漏れ聞こえている。

宇市は店に入るのかと思ったが、そうではなかった。そこに立ち尽くして、じっと表を見つめている。

突然障子戸が開いて、女連れの客を店の女が送り出して来た。

宇市は慌てて物陰に隠れると、こんどはそこでまたじっと見る。

「ありがとうございます。またおいでなさいませ」

鮮やかな友禅《ゆうぜん》の前だれをした女が、笑顔で客を送った。

色は白いほうではないが、目元の涼しげな凛とした感じの女だった。

しゃきしゃき、はきはきした店の女将かと思ったが、客を送った後に、眺めるともなくあたりに目を走らせた表情には、一抹の寂しさが窺えた。

だが女はすぐに、近づいて来た新しい客を、

「いらっしゃいませ、ようこそ……」

潑剌《はつらつ》とした笑顔で迎え、店の中に客を導いて入って行った。

戸は再び閉められた。

宇市はそれで納得したのか諦めたのか、振り切るように踵を返して店を後にした。

——誰だ……あの女……。

伊織の胸に、女への疑問が湧いた。

宇市はしばらく黙々と足元を見つめながら歩いていたが、柳橋の北袂まで来て、ふっと思い出したように煮売り酒屋の暖簾をくぐった。

伊織も後を追って中に入った。

宇市は戸口に背を向けて、腰かけに座り、小女に注文していた。

「宇市、精が出るな」

宇市の前に伊織が座ると、宇市はぎょっとした顔で見た。

「尾けていたんですか」

次の瞬間、憮然として言った。

「宇市、おまえ、探していたんだな、例の男を……」

「………」

「ひとつ聞きたいことがあるのだが、お前の探している者は、篠田七之助という男ではないか」

「………」

宇市の目が、かっと見開いた感じがした。

「やっぱりそうか……お前は篠田七之助についてどこまでつかんでいるのだ？」

「わかりません。わかっていたら敵を討っています」

宇市は悔しそうな顔をした。

「宇市、お前もすでに大和屋の御新造殺しのことは知っているようだから話すのだが、俺たちの調べたところでは、篠田は女を食い物にしている。いずれ司直の手に墜ちる。お前が手を下さずとも相応のお仕置を受ける。お前の恨みもわからないわけではないが、どうだ、ここらでしばらく静かに奴の成り行きを見てみないか」

「お断りします」

「宇市……」

「伊織様、私は、ただそのことのみを目標にして暮らしてきた者です。私が敵をとらねば父は浮かばれません」

「そうかな。お前の父は、お前が幸せに暮らしてくれることだけを草葉の陰で望んでいるのではないか」

「父親を殺されて、その敵も討てずに何が幸せというのでしょうか」

「しかしお前は武士ではない。家の存続が敵討ちにかかっている者ではない」

「だからこそです伊織様。この間も話しましたが、爺さまは浪人でしたし、父親は足袋職人でした。武士とはいえないかもしれません。そしてこの私も足袋職人ですが、敵討ちは武士ならよくて、足袋職人は駄目だというのはおかしいとは思いませんか」

「確かにそうだが、法はお前の望むようにはなってはいない。お前の場合は、たとえ敵討ちでも人を殺せば殺人者となる」

「結構です。覚悟は出来ています」

「宇市！」

思わず大きな声を出したが、伊織ははっとした。

宇市の顔には近づきがたい、苦笑いが浮かんでいた。

「あなた様にはわかりません。私と父の繋がりがどんなものであったのか……」

宇市は遠くを見るような目をして言った。

宇市には見えていた。

父の手にひかれて、近隣の宿場や町を回る貧しい父と子の姿が──。

疲れると父は背中にしょっている荷物の上に宇市を乗せ、あるいは肩車をしてくれた。

その父の背中ではしゃぐ幼い自分と、風雪に耐えた彫りの深い顔で息子を見つめてほほ笑む父と……。流浪する親子の姿が、昨日の事のように浮かんで来る。

父と食べ、父と笑い、父と泣き……宇市にとって父は、なにものにも代え難い存在だったのである。

「しかし……宇市、お前がこれまで生きてこられたのは、実の父とは別の、お前を支えてくれる人がいたからではないのか」

「おっしゃる通りです。父が亡くなったあと私を引き取ってくれた養父才次郎にも深い恩があります。また、所帯を持とうと約束しておきながら反古《ほご》にした人には申し訳ないと思っているのですが……」

「………」

所帯を持つ約束をした女とは、宇市がじっと見つめていた、あの奈良茶漬の店の女かと思われた。だが、宇市はそのことにはそれ以上触れなかった。

「父の敵を討たずに自分だけ幸せになることは出来ません。この血は、敵を討たねば承知しないのです。篠田に一矢報いなければ……」

一心に敵を討つのだと言い張った。

「宇市……」

「申し訳ありません。だるま屋の皆さんにはご心配をかけまして……」

「すると、どうでも奴を見つけ出して、思いを遂げると……」

「………」

宇市は、きっと伊織を見据えて頷いたのだった。

六

伊織が新し橋の北袂にある奈良茶漬の店に入ったのは、翌日の昼過ぎだった。客の少ない頃を選んだつもりだったが、それでも二、三組の客が、遅い昼食をとっていた。

「酒はあるのか」

伊織は座るなり聞いた。

「ございますよ」

「では先に少し頂くかな」

「はい」

女は明るい声で言い、帳場に消えたが、すぐに銚子と盃を盆に載せて戻ってきた。

「お寒くなりましたね」

笑みをたたえて酌をする。

「うむ。何度もこのあたりを通りながら気がつかなかったが、いつからここに店を出したのだ?」

「まだ一年ですよ旦那」

「ほう、一年か……よくやってるじゃないか」

「今日で丁度丸一年」

「なるほど、すると、今日は記念すべき日というわけかな」

「ええ」

「では一杯どうだ。俺の祝いだ」

「ありがとうございます。土地も建物も皆借り物ですが、なんとかね、やっていけるのは皆様のお陰です」

女将は近くの竹籠にあった盃をとって来ると、

「それじゃあ頂きます」

伊織の前に盃を両手で持って差し出した。

伊織はそれに酒を注いでやりながら、きめの細かいその手の肌に、女の若さを感じとっていた。

「ああ、おいしい」

女は飲み干すと、にこりと笑って、今度は伊織に酌をした。

「寒い時はお酒が一番」

「そうだな」

「それと、私、湖畔の冬景色が大好き……深い緑の湖面に、はらはらと白い雪が落ちて、葦《あし》が群生しているところには、たくさんの渡り鳥がいて……」

「ほう、田舎の景色のことなのか」

「はい。私、上州高崎からやってきたんです」

「ふむ」

「宿場から少し入ったところに小さな沼がありましてね。私、父親についてよく冬鳥がたくさんいるところに行きました。父は、名主さまから鳥を保護するお役目を言いつけられていたのです」

「どんな鳥がやってきていたのだ」

「御府内とかわりませんよ。鶴もきます、鷺《さぎ》も……鴨、みやこ鳥、おし鳥、いろんな鳥がくるんです」

　女は夢を見るような顔をして言った。

「なるほどな、見てみたいものだな」

「はい。お武家様、お武家様はもちろんこのお江戸のお方でございますよね」

「そうだ。俺は御成道にだるま屋という古本屋の店があるが、その店にかかわる者だ」

「だるま屋さん？」

「宇市に聞いてはいないのか」

伊織は、いきなり宇市の名を出した。

宇市が二世《にせ》を誓っていた女というのは、この奈良茶漬の店の女に違いない。伊織はそう思っていた。

「宇市さん……」

案の定、女は動揺して目を伏せた。

「やはりそうか。宇市の許嫁だな」

女はこっくりと頷くと、

「あなた様はいったい……」

瞬く間に顔に不安が広がるのが見えた。

「俺は秋月伊織という。宇市の身を案じている者だ。あんたを訪ねてきたのも、聞きたいことがあったからだ」

伊織はこれまでの経緯を告げ、お前の力で宇市の敵討ちを止めることはできないものかと聞いてみた。

　女は、名をおふさと名乗ったのち、

「私にはできません」

　小さい声だが、はっきりと言った。

「高崎の者は、みんな例幣使様を恐れて暮らしております。例幣使様の行列を横切ったとして、殺されたお婆さんがいます。そのお婆さんは物忘れがひどくて、家族の顔もわからなくなったような人でした。宇市さんのおとっつぁんも、何も悪くないのに薪で頭を殴られて殺されたんです。お金ばかりでなく、若い娘たちも生け贄のようにされて、それでも怖くて、みんな泣き寝入りしているのです。私には、あの人の気持ちが痛いほどわかるんです」

「あんたはそれでいいんだな」

「一緒に暮らせないばかりか、宇市の命も危ういかもしれぬぞ」

「秋月様、私は、この世の誰よりも、宇市さんの側にいたいと願っている女です。でも、だからこそ、宇市さんの気持ちがよくわかります。私たち、生い立ちが似ているところがあるんです」

「ほう……」

「私も母を早くに亡くしまして、父の手で育ちましたから……」

おふさの顔に侘しい色が浮かんでいた。

その父親が亡くなったのは、おふさが十七歳のときだと言った。

おふさは、父親を亡くした年のある日、凍りつくような寒さの中を沼に向かった。

ひょっとしてその場所に、父親が立って鳥を見守っているのではないかと思ったのだ。

凍てついた沼地に静かに近づくと、見知らぬ男がうずくまっていた。

——卵泥棒？

おふさは背後から近づくと、

「何をしているの」

厳しい声を上げた。

男が振り返った。その腕にはこげ茶の羽をした鳥を抱いていた。

「ここは禁漁区です。その鳥放して下さい」

「放せば大きな鳥に食われるぞ。よろよろしている。これは暖鳥《ぬくめどり》だな」

「暖鳥……」

おふさは近づくと、男の手にある鳥を見た。

鷲とか鷹とか隼とかが、寒い夜に鳥を捕らえ、その鳥の体温で自分の足を暖めて寒さをふせぐ。その捕らえられた鳥のことを暖鳥といい、また、一方では、鳥を捕らえる鷲や鷹をも総称して暖鳥という場合もある。

ひと夜、体を暖めてくれた鳥を、翌朝手元から放すとき、鷹や鷲は、じっとその鳥の行方を追い、その日はその鳥をとって食するなどという非道なことは決してしないらしい。

男が抱いている鳥は、昨夜鷹か鷲かの足を暖めた暖鳥に違いなかった。

朝放されたが疲労が激しく、低空して沼の草地に降り、そこで動けなくなったようだ。

そういう光景は、以前にもおふさは見たことがあった。

「すみません、勘違いして」

おふさは笑った。

それで二人は一気に親しみを感じるようになったというのである。

「その時の男が、宇市だったのだな」

伊織は、二人の出会いを懐かしそうに想い起こして、頬を染めているおふさの顔を見た。

「はい。お互いに父を亡くした者同士、それからは支えあって参りました。私に出来ることは、宇市さんを信じてあげることです。誰がどう言おうと私が、宇市さんの気持ち、わかってあげなくてはと思っています」

この先、どのような事情になろうとも、どんなに離れていても、私の心は、あの人の胸にあるのだと、おふさは言った。

「すると、なんですかな。数珠屋の娘さんは、おみつさんという人は、深川のけころと呼ばれる岡場所の女郎宿に売られていた、そういうことですか」

吉蔵は長吉を莚の上から見上げると、寒そうに襟をあわせて、ぶるるっと震えた。

「大丈夫ですか。風邪でもひいたらたいへんですぜ」

「大事ない。少々のことはこれを頂けば、ふっとびますからね」

吉蔵は、素麵箱の中からとっくりの首を持ち上げてちらと見せ、

「へたな藪医者にかかるより、よっぽどましです」

へらず口を叩いた。

「それより、詳しく話して頂きましょうか」

長吉に莚にすわってくれとそこを差し、自身も膝を直した。

「そのおみつという人が、大黒屋という店に連れてこられたのは、一年半も前のことで、やはり背の高い、色の白い男が連れてきたと、これは出入りの豆腐屋から聞きましてね、大黒屋の女将に会って参りやした」

「ふむ」

「深川を縄張りに長年岡っ引をやってる久蔵《きゅうぞう》というとっつぁんを通じてのことでございやしたので、女将も嫌な顔はできねえ、とまあ、そういうところでした。何しろとっつぁんは、鬼仏《おにぼとけ》の親分という異名で呼ばれておりやして、恐れられてもいるし、反面仏のように有り難がられてもいる、そういう人間なんでございやす」

久蔵の名ひとつで帳場の側の、女将の部屋に通された長吉は、ここに篠田という浪人が連れてきた女で、おみつという者がいる筈だが、会わせてくれないかと談判してみた。

むろん、これまで長吉が知った篠田の悪を、かいつまんで女将に話したのである。

「わかりました。こっちも人さらいの一味と思われては、手が後ろにまわっちまいますからね」

女将は苦い顔をして、おみつを部屋に呼んでくれた。

「ここでは千鳥《ちどり》っていう名ではたらいてもらっています」

女将は女中がおみつを呼びにいった間に、そんな話をしてくれた。

「千鳥でございます」

まもなく、色の白い、丸顔の女が入ってきた。

みるからに痩せていて、不健康な感じがした。

「おみつさんだね。浅草寺門前の数珠屋のおじょうさんでございやすね」

突然長吉は、おみつの素性をずばりと聞いた。

おみつはこくりと頷いた。

長吉は伊達でだるま屋の見届け人をやってはいない。ここに来るまでに突然姿を消した女たちの中から、笛の浪人篠田七之助との繋がりがあったと思えた者だけを当たってきた。それが数珠屋のおみつにつながったのだった。

「辛いだろうがおめえさんのためでもある。篠田がどんな手口で、お前さんを騙してここに連れてきたのか、話してくれませんか」

俯いている弱々しい横顔に、長吉は言った。

「うっ……」

おみつは顔を覆った。

「まさか、誰かが私を助けに来てくれるなんて、考えてもみませんでした。ここで私は朽ち果てる、私の一生はそれで終わるのだと、そんな風に思っていました……」

おみつはそんな言葉を連ね、

「私は篠田七之助に騙されてここに連れてこられたのです」

きっと顔を上げた。

おみつの話によれば、二年も前のこと、浅草寺の境内の池のほとりで、美しい笛を吹く浪人に会った。

名を篠田七之助と言い、財布の中から日光東照宮の金幣の、一寸角の小さな裂《きれ》を出して見せてくれた。

その時篠田は、自分は例幣使のお供だったと言ったのである。その一言で、おみつはすっかり信用してしまったのである。

瞬く間におみつは七之助のとりこになった。

東仲町《ひがしなかちょう》の出会い茶屋で契りを結ぶと、それまで男を知らなかったおみつは、七之助なしには生きていけないと思うようになっていた。

おみつの行動を厳しく咎めていた両親から逃れるために、おみつは夕刻家の近くで七之助の笛が聞こえると、口実をつけて外に出ていた。

ところが一年半前の、この深川に連れてこられる日の夕刻は、笛で呼び出されるとすぐに町駕籠に乗せられて、何も知らされぬうちに売り飛ばされてしまったのだと、おみつは言った。

「わかった。おめえのおとっつぁんもおっかさんも、神隠しに遭ったにちげえねえと、それでもいつかひょっこり帰って来るんだって信じて待っているぜ。一肌脱ぐぜ」

長吉は言い、女将に借金の残金を聞き、近日中に両親をよこした時には、きっぱりけじめをつけさせてやってほしいと頼んだ。

女将も馬鹿ではない。煩わしいことにはかかわりたくないのか、二つ返事で長吉の提案を呑んでくれたのである。

「親父さん、そういう事情でございやすから、篠田七之助の悪は明白、取っ捕まえた暁には、おみつは勇気をふるって御奉行所で証言してくれると約束してくれやした」

「それは良かった。さすがは長吉親分だ。で、その篠田の居所はわかったのですかな」

「いや、それだけはまだ……なにしろ、おみつが会っていたのは、ほとんど出会い茶屋だったようですし、七之助は自身の住まいについては、何も語ってはいないようなんです」

「なかなか用心深い人のようですな」

吉蔵が大きな溜め息をついた時、

「長吉か、丁度良かった」

弦之助が少年を連れてやって来た。

「親父さん、この子は上野で殺されたおあさという半襟屋の御新造に呼び出しの手紙を持って行った仙吉《せんきち》という者です」

側の少年を紹介した。

少年はぺこりと頭を下げて、

「向嶋の料亭『月の宿』の近くの団子屋で、団子を売っている仙吉といいます」

と言う。だがその顔は、おびえているように見えた。

「どこで手紙を託されたのだ?」

長吉が間をおかずに聞いた。

「へい。あのお人は、篠田の旦那のことですが、五のつく日に、月の宿の庭で笛を吹いてお客さんに聞かせています」

「何……」

長吉は驚いた顔を上げて、弦之助を見た。

弦之助が頷くと、仙吉が話を継いだ。

「あの日も、五の日だったと思いますが、おいらに上野まで行ってくれ、駄賃は弾むと言ってきたんです……それでおいら、おあささんに手紙を届けました。でも、手紙を受けとったおあささんという人の悲しそうな顔をみて気になりまして、おあささんが出かける後を尾けました。そしたら……」

仙吉は口ごもって震えだした。

「仙吉は殺しを見たんだ。篠田七之助がおあさから金をむしりとるようにして奪った時、おあさはかんざしを抜いて向かっていったんだ。だがそこは男だ。篠田はおあさの頬を張り倒して、それから馬乗りになって首を締めた……そうだったな」

弦之助は、仙吉のかわりに現場の状況を説明して、仙吉に念を押した。

仙吉はこくりと頷いた。

「おいら、怖くなったんだ。おいらが見ていたことがばれたら、今度はおいらが殺される……どうしようかと、あの近くをうろうろしていて……」

「あんまり様子が変なので声をかけたんだな。そうしたら一人で行くのはおそろしいから、近くの番屋か御奉行所に連れて行ってくれと言う。訳を聞いてびっくりしたというわけだ」

「仙吉さんと言いましたね。このだるまが引き受けました。もう大丈夫です。お任せなさい」

吉蔵はやさしく仙吉に言い、弦之助に、そして長吉に、大きく頷いていた。

七

向嶋の小梅村には、商人や武家の寮や別宅が建っている。

市街地から離れたこの場所は、特に自然の移り変わりを楽しむ名所が多い。

どの寮や別宅の庭にも、春秋を楽しめる木々が植わっているが、そうでなくても、隅田川沿いのこのあたりは、春は桜、秋は紅葉、冬は雪景色と風流を楽しめる絶景の場所である。

宇市が今縁側に座っているこの別宅も、日本橋にある履き物問屋の主が囲っている女が、女中と二人で優雅な暮らしをしているのであった。

出入りを始めたのはつい最近で、今日で三度目だが、妾のおゆいという女は、宇市の足袋をすっかり気に入り、今日も注文したいというのでやってきた。

いや、実を言うと、宇市は足袋の商いで来たのではなかった。

向嶋あたりに、妾や囲い者を相手に出稽古をする浪人の笛の師匠がいるというので、足袋を商いながら一軒一軒当たっていた。すると、おゆいも出稽古を受けている一人だとわかったのである。

——篠田七之助め、もう逃がさんぞ……。

宇市は女中のお町《まち》に出してもらった熱い茶を、気持ちをひき締めひき締め、飲んでいる。

おゆいは、今風呂に入っていた。

風呂から上がるのを待ってくれと宇市は言われて、もう四半刻は縁側に座って、枯れた庭を眺めている。

ただ一つ、青々と分厚い葉っぱを茂らせているのは、椿だった。

赤い三角帽子を被ったような蕾《つぼみ》が無数についている。花が開くのももうすぐではないかと思った。

「宇市さん、おかみさんはもうすぐ湯から上がりますが、今少しおまち下さいとのことです」

女中のお町が、にこにこして、おゆいの言葉を告げに来た。腕をまくり上げ、襷《たすき》をし、前だれをしたお町は、主人のおゆいが隠微な感じがする分、さわやかに映る。

「結構なご身分でございますね。こんな立派なお家に住んで、風呂もある。好きな時に湯浴みができるなぞ、本当の贅沢というものでございます」

宇市は、商人よろしく、愛想のあることばを並べた。

お町は、くすりと笑って言った。

「今日はね、いい人がお見えになるからですよ」

「ほう、なるほど、旦那さまがおいでになる」

「いいえ」

お町は首を振って否定すると、宇市の耳元に体を寄せて、

「笛の先生がいらっしゃるのです」

囁くように言った。

「えっ……笛の……」

あまりに突然なのでびっくりした。

篠田は、新しい餌食を見つけたのだと宇市は思った。

宇市がこれまで調べたところでは、篠田は金は絞れるだけ絞る。だがその絞る金もなくなったその時には、あっさり女を売り飛ばす。そんな非情な行いを続けてきていた。

ようやく敵の息遣いが聞こえるところまでやってきた。そう思うと、宇市は身が引き締った。

「内緒ですよ、宇市さん」

お町はそう言うと首をすくめて笑みを漏らし、すぐにおゆいの所にひき返して行った。

まもなく、座敷に上がってきたおゆいが、あれを取れ、これを取れと、お町に指図しているのが縁側まで聞こえて来た。

そして、

「宇市さん、上にあがって下さい。おかみさん、縁側では風邪をひきますから」

お町が宇市を呼びに来た。

「それじゃあ失礼して……」

宇市は上にあがって、湯上がりで輝くような白い肌を見せているおゆいの前に座った。

「呼び出しておいて申し訳ないけど、急いで下さいね」

おゆいは艶然とした目を向けた。どきっとするほど色気のある女である。

「承知しました。いかがですか。計り直しますか。それとも、この間の寸法でよろしいのでしょうか」

「そうね。履き心地は良かったから、この前の寸法で結構です」

「わかりました。白足袋でございますね」

「ええ。底に綿を入れた暖かい足袋があると聞きましたが、つくって頂けますか」

「はい」

「じゃあ、それも二足ね。出来るだけ早くおさめて下さい」

おゆいはそう言うと、鏡に向かった。

お町に手伝わせて、首にうっすら白粉《おしろい》を置いている。
宇市は一礼して立ち上がった。
その時だった。
玄関の戸を引く音がした。
「あっ、お師匠さんが……お町ちゃん、隣のお部屋で待ってもらって下さいな」
おゆいは上気した顔で言った。
宇市はお町が玄関に走るのを見届けてから縁側に出て、庭に下りた。
おゆいが言っていた部屋に、男が案内されて入ったようだ。
――表で待つか……。
宇市が庭を出ようとしたその時、庭に面した座敷の障子が開いた。
あっと、宇市は思わず声を出しそうになった。
庭を覗いた七之助と目が合った。
「ふん」
だが七之助は、少しも宇市に興味を示すことなく、枯れた庭を一瞥《いちべつ》して戸を閉めた。
――間違いない。親父を殺したのは、あの顔だ。

宇市の胸は、早鐘のように鳴っていた。

それから一刻、宇市はおゆいの家の近くの草むらの中に腰を落として、七之助が出てくるのを待っていた。

待っている間、屋敷からはおぞましい笛の音が聞こえてきた。四半刻ほど笛の音は聞こえていたが、まもなく止んだ。

そして、お町が風呂敷包みを抱えて出てきた。

お使いにでもやらされたに違いないと、宇市は思った。

お町が外に出れば、中にいるのはおゆいと七之助だけである。これから何が繰り広げられるのか、宇市は想像するだけで反吐《へど》が出た。

宇市は、この草むらに飛び込んでから、越してきた過去を振り返っていた。

なぜか昔のことが思い出された。

そう……まだ母がいて父がいて、二人に囲まれていた頃、寄り添って肌を暖め合うように睦まじかった家族のことが、今思い出せば他人事《ひとごと》のように思える。

だるま屋の人たちには、母は死んだと伝えていたが、そうではなかった。

母は、田舎の貧しい暮らしに耐えられなくて、自分より五つも年下の村の小作人の倅《せがれ》と欠け落ちしたのであった。

宇市はその時、八歳になっていた。

父は母がいなくなったのを口を濁してはっきり言ってはくれなかったが、宇市にはわかっていた。

口さがない村の者たちは、お前の母《はは》さは売女だ、などと平気で言った。

そのうち、母と逃げた小作の家は、村人の白い眼に耐えかねて夜逃げをしてしまった。

父親の源助が村を出て、近隣の村の家を回り足袋の商いを始めたのは、そういう事情もあったのである。

村にとどまれる状況ではなかったのだ。

石持て追われるようにして、宇市と父親の源助は村を出ているのであった。

苦しい時、悔しい時、宇市は母を恨むことで荒ぶる心を抑えてきた。

その分父親との絆は深くなっていったのだ。

宇市にとって父源助は、父親であり母親であったのだ。

その父に、わずかだが光がさした時がある。親方の跡を取り、うまく足袋職人としての商いの目途が立ってきた時だった。

その父が殺されたのは、まさにそんな時だった。

母に向かって燃えていた恨みの炎は、この時から、篠田七之助に向けられたのである。

だが、何といっても宇市はまだ子供だった。あの男が憎いという単純なものだった。

それが、才次郎という人の養子になって、この世の成り立ちを習い、また剣術も習っていくうちに、祖父が武士の身分を捨てたからといって敵討ちが許されないというこの世の仕組みに、次第に憤りを感じるようになっていた。

養父にその事を告白すると、「お前が命を賭してやるというのなら加勢してやる」そう言ってくれたのである。

生涯妻も持たないと決めてきた養父の才次郎は、俄息子《にわか》とはいえ、宇市が愛《いとお》しかったに違いない。

宇市はこの時、二世を誓ったおふさという女《ひと》がいたのだが、そのおふさにも手をついて一緒になれぬかもしれない運命を詫び、今日に至っている。

数日前に、やっと篠田をつかまえて敵が討てるとわかった時、宇市はいったん高崎の養父のもとに帰っている。

かねてより約束してくれていた加勢を頼むためだった。

ところが養父は日光に出かけて留守だと言う。

そこで宇市は仕方なく、養父に預けていた父の位牌を胸に、この江戸に引き返してきたのであった。

――今日こそ住家をつきとめて、果たし状を送ってやる。

改めて前方の薄闇に目をやった時、しずかに木戸の門が開いて、あの篠田七之助が、ふらりと出て来た。

懐手に、ゆらりゆらりと隅田川の方に行く。

――みておれ。

草むらの中から這い出して、宇市はすっくと立ち上がった。

だが歩み出そうとして、ぎょっとしてその場に立ちすくんだ。

伊織が現れたのである。

「どうしても、やるのか」

伊織は宇市の前に立ちはだかった。

宇市は黙って頷くと、行きかけようとした。

「待ちなさい。奴の住家はわかっている」

「伊織様」

「宇市、俺は高崎まで行ってきたぞ」

「高崎まで……」

「そうだ。お前の昔を知りたかったのだ。なぜそれほど敵討ちに固執するのかと……」

「………」

「おそらくもう、何を言っても聞く耳を持たぬのだろうが、あんなつまらぬ男を殺したところで、いっとき気持ちが晴れるだけだ。お前のこれからの長い前途が晴れるわけではない」

「伊織様。今あるのは、何故百姓町人は敵討ちは許されないのかということです。それも、武士にいたぶられた町人が、なぜ我慢させられなければならないかということです」

「宇市、気持ちはわかるが、おふさを不幸にしてもいいのだな」

「おふさ……」

「そうだ。けなげにおまえひとりを信じて生きている女の心を、おまえはなんと心得ているのだ」

「………」

「宇市」

「伊織様。おふさはわかってくれています……」

宇市は苦しげな声を出した。

「おふさはおまえの暖鳥だと、そう言いたいのだな」

「…………」

宇市は伊織の視線から逃れるように俯いた。

伊織は、おふさから聞いた話を宇市に告げた。

「おっしゃる通りです……おふさは、おふさは私の、暖鳥でした」

宇市は、歯を食いしばった。押し込めてきた涙があふれそうだった。

「宇市、奉行所に敵討ちを届け出ろ。許されるか否か、賭けてみるのだ。せめてそれまで待て」

宇市はじっと考えこんでいた。だがやがて宇市はコックリと頷いた。

「よし……」

伊織は懐から一枚の紙切れを出して手渡した。

「伊織様……これは」

見返す宇市に、

「篠田の所だ。調べて見定めてある」

「ありがとうございます」

「ただしもう一度言っておくぞ。生きていくことを考えろ。生きて、こんどはお前がおふさの心を暖めてやれ」

伊織はそういうと、宇市を残して踵を返した。

八

本所の番場町に精光寺《せいこうじ》という小さな無住の寺があるが、それが篠田七之助の住まいだった。

七之助は主のいなくなった寺に、あろうことか堂々と『金幣』を授かった者として居つき、その金幣を有り難がって拝みに来る商人などから、多額の布施をとっていた。

金幣といっても、ご用済みになった東照宮の御札の裂《きれ》だが、七之助がかつての例幣使から金幣の裂をもらっていたか、いなかったか、その証拠はない。

だが、昔例幣使一行の中にいたというだけで、人々は信用するのであった。

しかもそれらしい笛の音のひとつも聞かせれば、皆びっくりして、その音色は神からのもののように聞こえるらしい。

人の感覚や価値観というものが、いかにそういった道具だてに弱いかということを証明しているような話だが、七之助はちゃっかり昔のほんのいっときの前身を利用して、ずっと生きてきたようだ。

伊織がこの精光寺に、篠田がいるのをつき止めることができたのは、有り難い東照宮の金幣が祀ってある寺があるなどという噂を聞いたのがきっかけだった。

そして伊織はその住まいを宇市に教えた。だが、敵討ちなどという話は撤回してほしいと願っていたのはいうまでもない。

そんな折、奈良茶漬のおふさがだるま屋にやってきた。

伊織に会いたいというので、伊織の長屋に迎えにきたお藤と一緒にだるま屋に出向いていくと、

「昨日の夕刻、宇市さんが来ました」

とおふさは言った。

おふさの話によれば、宇市は店の片隅に座り、酒を嚙み締めるようにゆっくりと飲んでいたようだ。

そして時折顔を上げて、客の応対をしているおふさを見詰め、また盃に視線を落とした。

顔を合わせなくても、その様子はおふさにはわかっていた。

おふさの胸は張り裂けそうになっていた。なにしろ目の前に宇市の姿を見たのは三年も前のことである。

その宇市が、教えてもいなかった店に突然現れ、熱い思いを送ってくる。

おふさが近づくと

「元気そうだな……」

と宇市は眩しそうにおふさの顔を見た。

宇市はまるで、羽を休める鳥のようだった。辛いことがあって立ち帰った実家の囲炉裏ばたに座ってくつろいでいるように見えた。

宇市はずっと独酌で飲んでいたが、すっかり客が引けておふさの手が空いたとき、おふさを呼んだ。

「一杯やらないか」

飲み干した自分の盃を、おふさの前に突き出した。

――別れの盃に違いない……。

おふさ何も言わずに盃を受け取った。

口を付ける前に宇市の顔を見て、はっと息を呑んだ。

宇市は目を真っ赤にして、涙の落ちるのをこらえているようだった。

「いただきます」

おふさは、ぐいと一気に喉に流した。

叫びたい気持ちを抑えて、宇市にその盃を返し、酌をする。

「ありがとう」

宇市は言い、その一杯を飲み干すと出て行ったというのである。

「伊織様、あの人のこと、よろしくお願い致します」

おふさはそう言うと、帰って行ったが、おふさが何を頼みに伊織のもとにやって来たのか、伊織には察しがついた。

宇市は容易には下りない奉行所の裁可に業を煮やして、今日決行するに違いない。

そこで伊織は、篠田七之助の動きを見張りにやってきたのであった。

宇市の方は、弦之助が見張っていた。

やがて、

——七之助か……。

暮れ始めた門前に、篠田七之助が姿を現した。

七之助は浪人二人を従えていた。

——卑怯な奴め。宇市一人を倒すのに加勢か……。

七之助という人物の腹を、いまはっきりと見たと思った。

浪人二人は、七之助の後ろにぴたりと従って黙々と歩いていく。

三人は両国に出て橋を渡り、柳原通りに出て、浅草御門と新し橋の中ほどの土手に上がった。

冷たい風が、男三人の足元に吹き付けている。七之助の着物の裾や、浪人の薄汚れた袴の靡《なび》きで、風は強いとわかった。

むろん尾行してきた伊織にも、寒風は襲ってくる。

——宇市か……。

河岸地に、白い鉢巻き襷姿の男が両足を踏ん張って立っていた。

すると、七之助もこれに気づいたらしく、「行くぞ」というように浪人たちに手を上げた。三人はゆっくりと河岸地に下りていく。

弦之助は……と見渡すと、引き上げた船の陰に蹲《うずくま》って窺っているのが見えた。

伊織も、気付かれぬように、枯れ草を踏み分けて、そっと近づく。

「覚えているか、お前が殺した足袋職人の源助を」

宇市は七之助を迎えるとすらりと刀を抜いた。

才次郎の養子となってから、宇市は毎日欠かさず剣術の稽古をしてきている。毎日だ。

その執念には才次郎も舌を巻いた。才次郎は百姓になったとはいえ、自分の剣術を伝えることが出来るという喜びもあったようだ。

才次郎の剣術は、ただ相手を倒すための一念にだけ賭ける。

頑強な心だけが相手の技を打ち負かすのだと、これは師である才次郎の言葉だった。

だがその技で、実父の敵を取りたいと宇市が言った時、才次郎は腰を抜かすほど驚いたが、結局は許可をしてくれたのである。

もしも敵が見つかったその時には、自分も加勢するから連絡をしろと才次郎には言われたが、宇市はいま一人で立ち向かおうとしている。

――育ての親を巻き添えにしなくてすむ。

宇市は、これで良かったのだと思った。

「ふっ……」

七之助が冷笑を浮かべて言った。

「薄汚い足袋職人一人の命など、この世から消えたところで、どうということもあるまいに……」

「許せん。親の敵、命をもらった」

宇市はいきなり走りよると、上段から一撃した。

「きえー！」

だが七之助は、この剣を躱して横に跳び、

「殺せ」

連れてきた浪人二人に命じた。

「赤子の手をひねるようなものだ」

浪人二人が広言を吐きながら大刀を抜いた時、

「待て待て、卑怯じゃないか、篠田七之助。お前がそうなら、こっちも宇市に加勢するが、いいいな」

船の陰から出てきたのは弦之助だった。

浪人の一人が、弦之助めがけて小走りして跳んだ。

「来るか！」

弦之助は肩に下りてきた剣を跳ね返すと、次の瞬間深く踏み込んで、相手の小手を打っていた。

浪人の刀が、手から落ちた。同時に浪人の手首から赤い血が流れ落ちる。

「次はその胸に行くぞ」

じりっと弦之助が右足の爪先で踏みこんだ。

「くっ」

すると手首を切られた浪人は、突然土手に向かって走った。敗走だった。一気にかけ上がろうとしたが、そこに立ちすくんだ。

背の高い枯れたススキの間から、ぬっと伊織が立ち上がったからである。

伊織はすかさず浪人の胸に拳を埋めた。

大きな音を立てて、浪人はそこに沈んだ。

伊織はゆっくりと、宇市が七之助と対峙しているところまで歩んだ。

弦之助は既に、もう一人の浪人の喉元に刃をつきつけて、手にある刀を取り上げていた。

「ちっ……」

七之助は舌打ちをすると、すっと斜め下に剣の先を落として立った。

宇市は正眼に構えている。

二人は間合いをぎりぎりに詰めていた。おそらく拳一つほどの余裕しかないと思われた。

――どちらかが動けば勝負がつく。

伊織はそう思った。

「えい！」

動いたのは宇市だった。

宇市は、丸たん棒にでも打ち込んで行くように、少しの警戒の念も持ってない。

だが七之助は、ふわりとこれを躱すと、そのままその剣を頭上に回して、振り下ろしてきた。

躱された宇市は、この時、踏み止まり反転しようとして体勢を崩した。

――斬られる。

伊織はとっさに走り込んで、宇市の頭上に落ちてきた剣を下から払うようにして鍔《つば》で止めた。次の瞬間、捉えた刀を、すりあげるように空に飛ばした。

「あっ……」

七之助がよろめきながら、飛んでいった刀に手を伸ばしたが、すでに体の均衡が著しく崩れていて、そのままそこに膝をついた。

「宇市！」

伊織が叫ぶと同時に、宇市は七之助の胸に、自身の刀を深く差し込んでいた。


伊織は御成道をだるま屋に向けて歩きながら、店の前に莚を敷いて、その上に素麺箱を置いたいつもの店構えで、吉蔵が時折筆を止めてはお記録を書き進めているのを見た。

吉蔵が座っているすぐ後ろには、立派な古本屋の暖簾が靡いているが、吉蔵はわざわざ店の前に莚を敷いてお記録をする。それだけでも吉蔵という男、よほどの変わり者だということがわかる。

だが伊織が知るかぎり、吉蔵は店の前にやって来る人の話を聞いている時が一番幸せのように見える。

「これは伊織様。このたびはご苦労さまでございました」

吉蔵は伊織が近付くと、顔をあげてにこりと笑った。

「足袋職人宇市の敵討ち、ひょっとしてこれは、お芝居になるかもしれませんよ」

吉蔵はご満悦な顔をして言った。

宇市が父親の敵を討ったのは、五日前だ。

今宇市は、茅町の大番屋に入れられて与力から吟味を受けている。

足袋職人宇市の敵討ちが、単なる殺人となるか、敵討ちとなるか、伊織たちはそこが心配で固唾を呑んで見守ってきた。

ただ、伊織の言葉通りに、宇市は北町奉行所に敵討ち届けを出していたことから、奉行所は養父の才次郎も呼び付けて、慎重に調べてきた。

この才次郎が、宇市から預った父親の位牌を差し出して、宇市は武士の子だと説明したことが効を奏し、宇市は敵討ちを認められるのではないかと言われている。

才次郎が差し出した宇市の父源助の位牌には、心岸浄休信士、俗名高瀬《たかせ》源助とあった。

そして、宇市と呼んでいたその名は、本当は宇市郎《ういちろう》という名だったということも、伊織たちはここにきて知ったのだった。宇市は正式には高瀬宇市郎だったのだ。

主持《あるじ》ちではないにしても、宇市は確かに武士の子だと証明されたのである。

また、宇市の立場や言い分を奉行所が聞き届けてくれそうなもうひとつの理由は、篠田七之助のこれまでの悪事が次々証明されてきたからだった。

「吉蔵、何かその後、わかったのか」

にやにやしている吉蔵の顔に伊織は言った。

「はいな、伊織様。宇市さんは無罪放免となるそうでございますよ」

「何、まことか」

「はい、先程北町の蜂谷様がお見えになって、そのように……少しでも皆さんに早く知らせてやろうと思ったのだと、わざわざ知らせに来てくれました」

「それは良かった」

「はい。ですからね、私もこのお記録のシメをどうしようかと、いま考えていたところでした」

「どれどれ……」

伊織は素麺箱の吉蔵の文字をたどった。

『一件落着。宇市こと宇市郎は御構無しとなり、すでに地頭（御書院番山田《やまだ》三《さん》十郎《じゅうろう》）家来へ預けとなった。しかるにすでに帰村を申し渡してある。不埒《ふらち》の儀も之《これ》無く、申し渡すべき所がある場合は、遠路罷出《まかりいで》るは難儀にも有るべき間、同地に申し遣わし、地頭から本人に申し渡すという簡略の手続きにて……』

「吉蔵」

伊織は喜びの声を上げた。

「はい。本当によろしゅうございました。そういうことでございますので、こちらにお礼の挨拶に参りたいが、国に帰るまでは地頭の家来の預りの身で自由にならない。お詫びしてくれ……そうことづてがありました」

「それは良かった」

「一度こちらにみえた、おふささんも店を畳んで、慌てて帰省するのだと、先程ここに伊織様を尋ねて参っておりました」

「そうか……そうだったのか」

伊織は遠くの家並みに視線をやった。

どんよりと曇っているが、その空の下を愛しい男を追って足早に国に帰るおふさの姿が見えるようである。

「雪になりますよ、今晩はきっとね」

吉蔵が心配げに言った。

だが伊織には見えていた。

真っ白に覆い尽くした大地に聳《そび》える木の枝に、互いに暖めあっている鳥の姿が
──。

「暖鳥か……」

伊織がぽつりと言った。

「何か……」

吉蔵が怪訝な顔で見上げている。

「いや……親父さん、一杯やるか」

伊織がほほ笑んで言った。

「はてさて、珍しいこともあるものですな。伊織様に誘われるとは……」

吉蔵は嬉しそうにぶつぶつ言って、

「お藤や！」

店の方に大声を上げた。

「今日はこれまでだ。熱い酒を用意してくれ。伊織様も一緒だ」

早速のっそりと立ち上がると、伊織ににやりと笑ってみせた。

【参考文献】

『近世庶民生活史料　藤岡屋日記』鈴木棠三・小池章太郎編／三一書房
『江戸巷談　藤岡屋ばなし』鈴木棠三著／筑摩書房

コスミック・時代文庫

暖鳥《ぬくめどり》
見届け人秋月伊織事件帖【三】

2025年1月25日　初版発行

【著者】
藤原緋沙子《ふじわらひさこ》

【発行者】
松岡太朗

【発行】
株式会社コスミック出版
〒154-0002 東京都世田谷区下馬 6-15-4
代表　TEL.03(5432)7081
営業　TEL.03(5432)7084
FAX.03(5432)7088
編集　TEL.03(5432)7086
FAX.03(5432)7090

【ホームページ】
https://www.cosmicpub.com/

【振替口座】
00110-8-611382

【印刷／製本】
中央精版印刷株式会社

乱丁・落丁本は、小社へ直接お送り下さい。郵送料小社負担にて
お取り替え致します。定価はカバーに表示してあります。

ISBN978-4-7747-6620-1 C0193

COSMIC
時代文庫

永井義男 の好評シリーズ！

書下ろし長編時代小説

名門旗本家の後継ぎを決める
命を賭けた武芸試合!!

最強の虎
隠密裏同心 篠田虎之助〈五〉

最強の虎
隠密裏同心 篠田虎之助

最強の虎
隠密裏同心 篠田虎之助〈二〉

最強の虎
隠密裏同心 篠田虎之助〈三〉

最強の虎
隠密裏同心 篠田虎之助〈四〉

絶賛発売中！

お問い合わせはコスミック出版販売部へ！
TEL 03(5432)7084
https://www.cosmicpub.com/